선생님, 당신이 부럽습니다

선생님, 당신이 부럽습니다

초판 1쇄 인쇄일_2007년 11월 24일
초판 1쇄 발행일_2007년 12월 1일

지은이_병거이
펴낸이_최길주

펴낸곳_도서출판 BG북갤러리
등록일자_2003년 11월 5일(제318-2003-00130호)
주소_서울시 영등포구 여의도동 14-5 아크로폴리스 406호
전화_02)761-7005(代) | 팩스_02)761-7995
홈페이지_http://www.bookgallery.co.kr
E-mail_cgjpower@yahoo.co.kr

ⓒ 병거이, 2007

값 9,000원

* 저자와 협의에 의해 인지는 생략합니다.
* 잘못된 책은 바꾸어 드립니다.

ISBN 978-89-91177-51-2 03810

삶에 희망을 주는 세상 사는 지혜

선생님, 당신이 부럽습니다

병거이 지음

BG 북갤러리

세상에서 겪는 한스러움 가운데, 나는 그를 생각하는데 그는 나를 까맣게 잊고 있는 것보다 더 심한 것은 없습니다.

친한 벗이 자신의 유배지 앞을 지나면서도 한 번 들르지 않은 벗에 대한 섭섭함을 표하며 하신 정약용 선생님의 탄식입니다.

인생을 성공으로만 수놓을 수 있다면 얼마나 좋겠습니까. 하지만 신은 결코 그런 행운을 주지 않음을 압니다. 다산 선생님은 절대 고독이라는 상황 속에서도 많은 저술을 남겼습니다. 상황을 탓하지 않았습니다. 상황에 휘둘린 것이 아니라 상황을 적극적으로 끌고 갔습니다. 고독하지 않으면 결코 아무 것도 이루지 못함을 다산 선생님에게서 배웁니다.

당시(當時)에 녀던 길을 몇 해를 버려두고
어디 가 다니다가 이제사 도라온고

이제야 도라오나니 년듸 마음 마로리.

이황 선생님의 도산 12곡 중 한 수입니다. 그랬습니다. 이제사 제대로
돌아 왔습니다.

지금까지 삶의 방식을 청산하고 제대로 된 선생이 되어 제대로 된 교
육을 해보고 싶습니다.

교육은 어떤 사람이 가르치느냐가 가장 중요한 것이라 생각합니다.
가르치고 공부하고 생활하는 모든 면에서 학생들의 귀감이 되어야 합니
다. 평소 학생들에게 늘 해주던 얘기들입니다. 좀 더 많은 학생들과 후
배 선생님에게 들려주고 싶은 욕심입니다. 기록해 두었던 생각들을 모
으고 수정하여 이렇게 책으로 출간하게 되었습니다. 제 삶의 무한한 축
복으로 생각합니다.

이 책이 나올 수 있도록 물심양면으로 많은 도움을 준 후배 노현지 부부에게 고개 숙여 깊은 고마움을 표합니다. 아울러 제자 임영규 군을 비롯해 많은 제자들에게 진심 어린 감사의 뜻을 전합니다. 신세진 모든 것들은 두고두고 갚겠습니다.

2007년 12월 첫날 솔재 위에 서서

병거이

차례

2부 · Life is outside

3부 · 지팔 지 흔들기

1부 · 선생님이 부럽습니다

박용주 선생님이 부럽습니다

추석 밑. 교보문고에 갔습니다.
평소 신세진 제자에게 책을 몇 권 선물하고 싶었습니다.
신영복 선생님의 《강의》라는 책 외에 몇 권을 장만했습니다.
책을 부치기 전에 그중 한 권을 밤새 다 읽었습니다.
소설가 한수산의 에세이 《사람을 찾아, 먼 길을 떠났다》였습
니다.

책을 읽다가
아−! 하고 탄식한 부분이 있었습니다.
암으로 돌아가신 대학 은사 박용주 선생님에 대한
절절한 그리움을 드러낸 글이었습니다.
작가에게는 친구와도 같았고
어버이와도 같았던 그런 분이었든가 봅니다.
돌아가신 후에도
선생님에 대한 그리움 때문에 가슴 아파하는 작가를 보며
문득 박용주 선생님과 제 모습이 오버랩되었습니다.
나는?
참 부끄럽습니다.

젊은 시절.
선생이라는 직업이 왜 그리 싫었는지 모릅니다.
오래 머물지 않을 것이라는 생각을 늘 했습니다.
마치 몸에 맞지 않은 옷을 입은 듯이 불편했습니다.
어쩌면 선생이라는 표준적 삶의 궤적을 그리는데
자신이 없었는지도 모르겠습니다.

그리고 너무 많은 세월이 흘렀습니다.
이젠 말할 수 있습니다.
선생이라는 옷이 가장 잘 어울리는 사람이 되고 싶습니다.

선생님의 그때 그 말씀이 제 운명을 바꿨습니다.
누군가가 이렇게 기억하는 선생이 되고 싶습니다.

선생님이 돌아가셨어?
하면서 저의 죽음에 눈물 흘리는 제자를 둔
그런 선생이 되고 싶습니다.

늘 '필드정신'을 잃지 않고 살 것입니다.

작가 한수산을 제자로 둔 박용주 선생님이 부럽습니다.

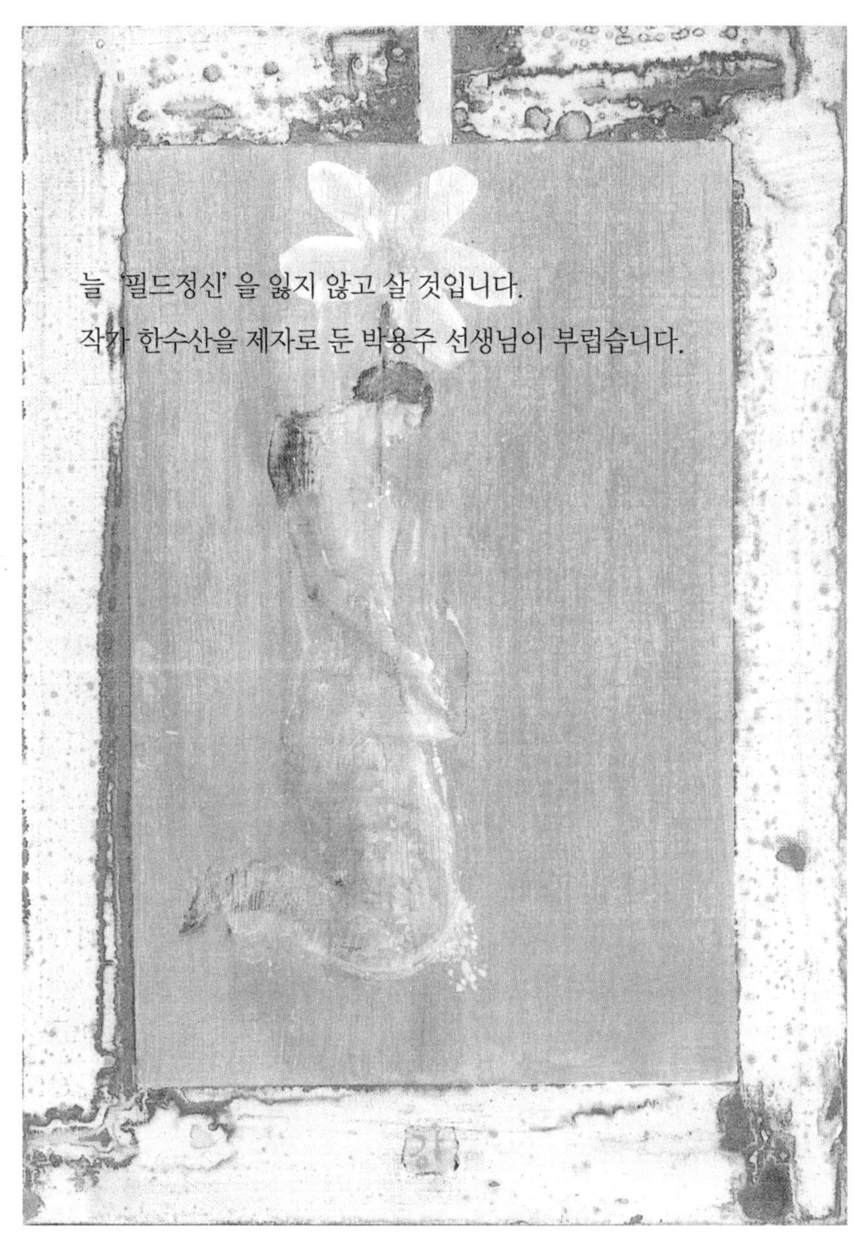

황금보다 귀한 돼지 한 마리

모두들 맹장수술을 감기 정도로 우습게 생각합니다.
하지만 제게는 그렇지가 않군요.
곪아터진 배를 안고 '사은의 밤'에 참석하느냐를 놓고
나름대로 고민이 많았습니다.
술 먹는 사람이 냉수만 마시며
행사가 끝날 때까지 버텨야 한다는 것은
거의 고문에 가깝다는 사실을 잘 알기 때문입니다.

하지만 행사에 참석을 했습니다.
20년 전 그 아이들의 변한 모습이 너무도 보고 싶었기 때문입니다.
아이들이라 했지만 실상은 이제 모두 불혹의 나이에 접어들었습니다.

꼭 20년 전의 일인지라 모든 것들이 아득합니다.
하지만 아직까지도 생생하게 기억하는 일이 한 가지 있습니다.
그해에, 그러니까 20년 전 제 반 졸업생 중에
유난히 공부하기 싫어하는 녀석이 있었습니다.

당연히 성적도 하위권이었지요.
녀석에게 국어 문제집을 한 권 주었습니다.
넌 딴 과목 공부는 안 해도 좋으니
담임 담당과목인 국어라도 열심히 해 보라고 했습니다.

한 2개월 후쯤.
녀석의 국어성적이 상위권을 치고 나오더니
입시를 앞 둔 즈음에는 반에서 1, 2위를 다퉜습니다.

그 후로 까마득히 잊어버렸습니다. 20년 동안.

오늘 사은의 밤 행사 시작 전에 뜻하지 않게
이 친구가 커피숍에 있는 저를 찾아왔습니다.
너무나 반가워 얼싸안았습니다.

자리에 앉자마자 제 핸드폰을 달라고 했습니다.
저는 순간,
연락처를 알고 싶어 그러는 줄 알고 명함을 건넸습니다.

이 친구가 재차 핸드폰을 좀 달라고 했습니다.

아하!

녀석의 휴대폰 배터리가 다 되었구나 생각했습니다.

아니었습니다!

그 친구는 제 핸드폰에 금돼지를 하나 달아줬습니다.

그러면서 자신의 인생을 바꾼 저에게

꼭 이렇게 한번 해보고 싶었다고 했습니다.

'넌 할 수 있어' 라고 늘 격려해 주던 저를 잊지 못했다고 했습니다.

눈물이 핑 돌았습니다.

어떤 선물보다도 그 한 마디 말이 고맙다고 했습니다.

한참을 멀건이 천정을 쳐다봐야만 했습니다.

그 친구도 국어 선생님이었습니다.

그날의 고문은 즐거웠습니다.

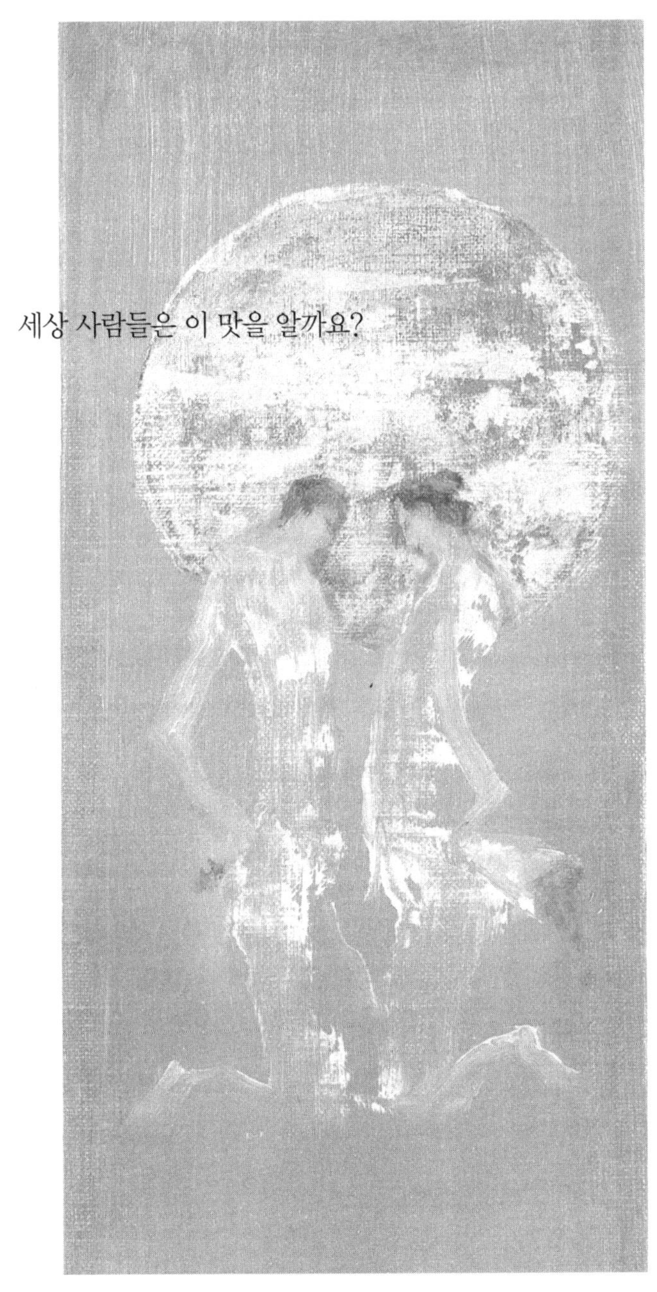

세상 사람들은 이 맛을 알까요?

다시 기본으로

교사들은 한탄합니다.
교사의 권위가 땅에 떨어졌다고.

여러 이유가 있겠지만
배울 수 있는 창구가 워낙 다양해진 까닭이기도 할 것입니다.
사설학원, 교육방송, 인터넷 교육, 지자체 교육서비스, 개인교
습 등등.
돌아보면 전국의 최고 강사, 명강사가 즐비합니다.

이런 시대.
이찌 교사가 폼만 잡고 있을 수가 있겠습니까?

교사의 경쟁력 강화를 위해서 교원 평가제를 한답니다.
평가의 항목이 무엇이고, 어떻게 진행될 것인지 알 수는 없
지만, 어릴 적 수없이 들었던 '토끼와 거북이'라는 이솝 우화가
생각납니다.
부지런한 거북이가 게으른 토끼와 경주를 해서 이긴다는 이
야기.

요즘도 인터넷상에서 수많은 변형된 이야기들이 떠돌고 있으니, 가히 이야기의 인지도를 알만 합니다.

변형된 이야기 하나.

경주를 약속한 거북이.
경기에서 이기기 위해
'본전하자(본프레레 축구대표팀 감독)' 코치를 영입해 피나는 훈련에 돌입하고.
몸을 가볍게 하기 위해 등껍질도 벗어버리고,
짧은 다리도 길게 하기 위해 '롱다리' 성형 수술도 했습니다.
작전도 짰습니다.
무조건 부지런히 뛰기.
그러나 결과는 참패!
교원을 평가하겠다는 발상은 이 우화와 다를 바가 없지요?
수십만의 교사들 모두 입시 강의에 일등이 되라고 하니 말이죠.

한번 보시죠.

교육한답시고 정부에서 벌인 일들이

유명 강사 만들고 그들 배불린 것 외에 무엇을 했습니까?

교사의 기본은 잘 가르치는 겁니다.

하지만 교육이란 입시 강의 잘하는 것보다 더 큰 무엇이 있지요.

인간다운 인간으로 키우는 것.

차이를 인정할 줄 아는 배려심.

약자의 눈물을 볼 줄 아는 따뜻함.

세상을 보고 읽는 눈을 길러주는 것.

이 모두 교사가 모범을 보여야 할 것들입니다.

진짜 문제는 공부 잘하는 20%의 학생이 아니라

공부에는 전혀 흥미를 느끼지 못하는 80%의 학생들이 문제입

니다.

그들에게 공부하라, 공부하라.

보충수업, 야간 자율학습으로 몰아가는 것은 고문입니다.

이 문제를 어떻게 할꼬?

함께 고민해야 합니다.

우화 계속하겠습니다.

패인 분석을 위해 거북은,
거금을 들여 '나도보드카(아드보카드 감독)' 라는 새 코치를 영
입했습니다.
'나도보드카' 코치는 비싼 만큼 능력이 있었습니다.
'본전하자' 코치의 잘못된 점을 정확히 진단했습니다.
거북의 패인은 '부지런하자' 라는 작전상의 문제가 아니라
잘못 선택한 경기장에 있었습니다.
'나도보드카' 코치는 즉시 리벤지 매치를 성사시켰습니다.
경기장은 뭍이 아니라 물이었습니다.
거북은 기쁨의 눈물을 흘렸답니다.

교육에도 패러다임 전환이 시급합니다.
과거의 눈으로 세상을 보고
자라나는 새싹을 밟아버려서는 안 됩니다.

그들을 롱다리 수술하게 해서는 안 됩니다.

교사의 진정한 경쟁력은
다른 어떤 것에 있는 것이 아닙니다.
모든 면에서 솔선하여 모범을 보여야 합니다.
다시 기본으로 돌아가는 겁니다.
진정으로 교육에 헌신하는 사람이 되는 것입니다.
그래서 권위의 추락으로 탄식하는 교사가 없어져야 합니다.
새해의 작은 희망을 품어봅니다.

어느 책에서 본 기막힌 구절로 끝맺겠습니다.

세상에서 가장 긴 여행은
머리에서 가슴까지의 여행이다.
하지만 그것보다 더 먼 여행은
가슴에서 발까지의 여행이다.

<h1 style="text-align:right">청출어람_{靑出於藍}을 꿈꾸며</h1>

며칠 전 신문기사가 우리를 놀라게 했습니다.
학교에서 엎드려 기합을 받던 학생들이
동영상을 찍어 국가 인권위원회에 교사를 고발했다는 겁니다.

이제 학생들을 어떻게 지도하나?
세상 참… 하면서 많은 사람들이 혀를 찼습니다.

개인과 사회의 갈등은 수업 시간에도 많이 다루는 문제입니다.
민주화를 노래했던 김지하 시인은
7년이란 긴 세월을 감옥에서 보내게 됩니다.
홍길동전에서의 홍길동,
춘향전에서의 춘향이가 사회와 큰 갈등을 겪지요.

학생들에게 묻지요.
네가 춘향이라면,
네가 길동이라면,
어떻게 세상을 살아갈 것이냐?

서자면 서자로서 차별을 받아들이며 조용히 살 거냐?
기생은 기생답게 수청 들며 한평생 그렇게 살 거냐?
아니요!
그럼 목숨 걸래?
그것도 아니요.
그럼….
나 아니고 누가 대신 해주겠지요.
히히히….

이런 희생을 통해서 사회가 점진적으로 변해가는 것이죠.

무엇 때문에 기합을 받았는지 알 수는 없습니다.
모르긴 하지만 학생들의 잘못된 행위에 대한
반성이 필요했던 건 아닐까요?
하지만 이제 교사는 더 이상 명령할 수 없는 시대에 살고 있습니다.
교사 리더십의 원천은 명령과 통제가 아니라
따뜻한 격려와 자상한 보살핌이라 생각합니다.

이거 하지마라 저거 하지마라 하던 시대에서
'이런 것 한 번 해 볼래, 저런 것 한 번 해 볼래' 하는 시대로
변했다는 거지요.
규정을 앞세워 사소한 것까지 금하는 지금의 가치를
학생들은 받아들이기 어렵다는 겁니다.
세상이 변하면 당연히 가치관도 변하는 것인데
왜 흑백의 눈으로 컬러 시대를 재단하느냐는 것이겠지요.
왜 다양성을 인정하지 않느냐는 것이겠지요.
그래서 반발하는 게지요.

그들과 기성세대의 가치관은 하늘과 땅 차이라 할까요.
이 차이를 어떻게 얼마나 줄이느냐가
그들과 소통하는 전제가 될 것입니다.

눈높이 교육을 해야 한다고 합니다.
눈높이를 학생이 높이지 못하면
교사가 낮춰야 하지 않을까요?
아니 어쩌면 학생은 충분히 높였는데

교사가 너무 높게 잡았다고 아우성치지는 않을까요?

호텔 리츠칼튼 이야기를 하겠습니다.
말단 직원들에게 강한 권한을 주는 회사로 유명합니다.
객실의 청소가 제대로 되어 있지 않다는 이유로
불평을 하는 고객이 있다면,
그 객실 청소를 담당한 직원에게 스스로의 판단에 의해
고객에게 무료 식사권이나 무료 숙박권을 제공함으로써
문제를 해결할 수 있는 권한을 부여하고 있습니다.

학교도 마찬가지라 생각합니다.
너무 규정에 얽매여 이것저것 간섭하지 말고,
학생들에게 더 많은 자율성을 줌으로써
적극적인 동기부여와
자신의 행위에 대한 강한 책임감을 심어주어야겠습니다.
그래야 청출어람의 제자를 기대할 수 있는 것 아닌가요.

노자의 말씀은

교육에서 진정 중요한 게 무언지 생각하게 합니다.

꽃을 귀하게 여기지 말고,
그 뿌리를 귀하게 여겨라.
꽃은 피었다 지곤 하는 것이지만,
그 뿌리는 꽃의 피고 짐을 영속케 하는 어미이다.

평범함과 비범함

한 학기가 벌써 마무리 되어 갑니다.

이것저것 참 생각이 많습니다.

그중 큰 줄기 한 가지는 고백하고

끝맺기를 해야 할 것 같습니다.

지금껏 행해 왔던 모든 것이

교육이 아니었다는 것을 이제야 깨달았습니다.

성적 몇 점 더 향상시키는 것이

대단한 교육인 줄 알았던 때가 있었습니다.

강의 잘하는 것이 최고인 줄로 안 적이 있었습니다.

그건 교육이 아니라 입시지도였다는 사실을 그땐 몰랐습니다.

하나부터 열 가지를 다 가르치려 들었습니다.

교육이란 스스로 생각하게 하고

깨달아가도록 돕는 것이라는 사실을 까맣게 몰랐습니다.

자식 놈 얘기 좀 해야겠습니다.

녀석이 걱정 많은 고 3일 때

애 엄마가 담임선생님을 만나 상담을 했습니다.

수학 과외를 좀 시켜 성적을 좀 올려야 할 필요가 있다는 말씀
을 들었답니다.

녀석도 수학 과외를 꼭 시켜달라 졸랐습니다.

아이를 불러놓고 차분히 설명했습니다.

명색이 애비가 선생이다. 나는 교육을 하고 싶다고 했습니다.

즉, 너를 독립된 인간으로 키우고 싶다.

자기중심(주체성)이 서 있는 인간으로 키우고 싶다.

좋은 대학교에 가는 것을 원하는 것이 아니라고 했습니다.

모든 일은 스스로 해결하라고 했습니다.

공부하기가 좀 힘들다고

그것을 스스로 극복하려하지 않고

과외선생에게 기대어 해결하려고 해선 안 된다 했습니다.

사회에 나가면 공부보다 더 큰 어려움이 많다.

그때마다 스스로 해결하지 못하고

남에게 도움을 청할 것이냐고 했습니다.

어렵고 힘든 일을 스스로 극복하려는

정신 자세가 성적보다 더 중요하다 했습니다.

이것이 내가 너에게 하고 싶은 교육이라 했습니다.
과외를 하지 못해 좋은 대학 못가는 것은
얼마든지 감수하겠다고 했습니다.
그러니 안심하고 공부하라고요.
결국 내 설득을 받아들여 혼자 공부했습니다.

모든 것을 스스로 하려할 때 경쟁력이 생긴다고 믿고 있습니다.
나약함을 떨쳐버리고 매사 스스로 해결하려는 의지가 필요합니다.
이런 인간으로 성장해야 합니다.

인간이 평범하게 되느냐, 비범하게 되느냐의 차이는 무엇입니까?
바로 자신이 가야 할 길을 남보다 일찍 아는 것이라 생각합니다.
그래서 선택한 길에 집중하는 것입니다.
그 길을 죽도록 공부하는 것입니다.
빌 게이츠가 그랬고, 스티브 잡스, 정주영, 안철수, 앙드레 김,

서태지, 김기덕, 박준, 모두가 그랬습니다.

점수 몇 점 더 얻는 것이 결코 중요한 것이 아닙니다.
그런데도 우린 거기에 목을 맵니다.
모든 사람이 다 공부로 성공할 수는 없습니다.
때문에 일찍 자기가 갈 길을 선택하고 집중해야 합니다.
이런 자세를 갖게 하고 깨닫게 하는 것이 교육이라 생각합니다.
삶의 방향을 설정하고 어떤 자세로 목표를 구현해야 하는지 깊
이 생각하고,
빨리 깨달을 수 있도록 가르쳐야 합니다.

이것을 깨닫는 데 이렇게 오랜 세월이 걸렸습니다.
그래서 참 부끄러웠습니다.

피터 드러커의 얘기로 마치겠습니다.
자신이 가야 할 길을 알게 되면, 평범한 사람도 비범한 사람으
로 바뀐다.

200대 대신 200번을 사랑했어야

부끄러운 일이 또 터지고 말았네요.
입이 열 개라도 할 말이 없습니다.

교육이 도대체 무언지 좀 생각이 필요한 것 같습니다.
규정으로 학생을 지나치게 재단해서는 안 될 것입니다.
그것은 학생들의 자유로운 사고를 짓밟아버리는 행위와 같기
때문입니다.
역사에 기억되는 창의적 인물들 대부분은
자유로운 환경에서 자랐다는 사실을 알아둘 필요가 있습니다.

미완의 학생들에게 가장 필요한 것은 관용이라 생각합니다.
그 학생이 왜?
무엇 때문에?
그렇게 심호흡을 하며 입장을 바꿔 생각할 인내력을 길러야 합
니다.
200대 대신에 200번을 이해하고 사랑해야 합니다.
그래야 한 인간을 감동시킬 수 있습니다.
막말로 우리도 클 때 다 그렇고 그렇게 컸지 않았나요?

공교육이 살아야 한다지요.

공교육이 사교육을 이길 수 있는 방법을 생각해 보셨습니까?

학원 강사나 인터넷 강사보다 더 잘 가르친다면?

좋은 방법이긴 하네요. 하지만

이 방법은 흔히 이야기 하는 레드 오션이네요.

경쟁이 너무 심해 최고가 되기도 어렵고

설사 최고가 된다 해도 별반 남는 게 없는 장사 같네요.

사교육을 이길 수 있는 블루 오션 전략이 있습니다.

차별화하는 겁니다.

학교는 가정보다 많은 시간을 머무는 곳입니다.

그곳을 안락하게 만들어서

진정 학생들이 머물고 싶은 공간으로 만들면 어떨까요?

거기에다 그곳에는 학생들을 200번 이해하고, 사랑하는 선생님들만 있다면?

구태여 최고로 잘 가르치지 않아도

저절로 공부하고 머물고 싶어 하지 않을까요?

관용이 교육이고 사랑이 교육이라 생각합니다.

꿈같은 얘기 하고 있다구요?

꿈은 이루어진다면서요.

우리 모두의 생각을 조금만 긍정적으로 바꾼다면 이룰 수 있을

것입니다.

그래서 조금씩 조금씩 자신부터 바꿔 보는 겁니다.

사랑의 마음으로.

꿈을 이루기 위해서요.

그래서 너희가 좋다

3학년 학생이 나에게 물었다.
"2학년 담임이 좋아요, 3학년 담임이 좋아요?"
"2학년 담임이 좋다."
약간은 의외인 듯, "왜요?" 하고 묻는다.
"왜냐하면
사랑하는 너희들을 한해 더 볼 수 있기 때문이다."

그렇다.
지금 너희들과 헤어지기가 너무나 아쉽다.

모두가 예쁘다.
너흰 마치 비빔밥 같다.
비빔밥에는 어느 한 가지가 빠져도 제 맛을 낼 수가 없듯이
너희 모두는 제각각의 고유한 아름다움과 개성을 갖고 있기 때
문이다.

너흰 한 번도 나에게 '제가 왜요?' 라고 말하지 않았다.
지각은 왜 하느냐,

복장은 왜 그렇게 불량하냐,

청소는 왜 깨끗하게 못하느냐 등의 어설픈 훈계에도 말이다.

그래 나도 잘 안다.

너희가 잘 이해하고 있음을.

너흰 참 생각이 깊은 녀석들이다.

어느 누구도 자신을 내세우려하지 않았다.

늘 옆의 친구를 배려할 줄 알았다.

작은 것도 나누고,

자잘한 일들도 스스로 먼저하고,

내 일, 네 일 없이 서로 도우며 생활하고 있음도 잘 안다.

그래서 너희가 좋다.

그래도 아쉽다. 너희와 헤어진다는 것이.

좋은 생각,

좋은 습관,

좋은 사람 되거라.

남겨진 아이와 수학여행

내일, 모레, 글피면 신나는 수학여행을 갑니다.

부푼 꿈을 안고 추억 만들기에 즐거울 겁니다.

오늘이 여행 전 마지막 야간 자율학습인데 아픈 아이들이 부쩍 늘었습니다.

모르긴 몰라도 아마 여행에 필요한 것들을 준비하려는 모양입니다.

이미 공부에 마음이 떠난 녀석들.

이래도 알고 저래도 다 안다.

오늘은 기분 좋게 조퇴증을 줘 보냈습니다.

하지만 안타깝게도 몇몇 학생들은 여행을 가지 못합니다.

여러 가지 이유가 있겠지만 경제적 부담이 가장 큰 가 봅니다.

요즘 경기가 좋지 않다는데 가정 경제 역시 빨간 불인 모양입니다.

제가 읽었던 《희망의 인문학》이라는 책이 생각났습니다.

미국에서 시작된 클레멘트 코스라는 교육 프로그램이 있습니다.

미국 대학의 어느 심리학자가 교도소를 방문해서 수감자에게
물었습니다.

"당신은 왜 죄를 짓게 되었습니까?"

당연히 가난이나 좋지 못한 환경 때문이라는 답을 예상했다는
겁니다.

하지만 놀랍게도 답은 예상을 훌쩍 빗나갔습니다.

"나는 당신들과 같이 그 흔한 영화도, 연극도, 박물관도 다닐
수 없었고, 책도 읽을 수가 없어서 범죄를 저지를 수밖에 없었다"
는 겁니다.

심리학자는 깜짝 놀랐습니다.

범죄를 저지를 수밖에 없었던 이유가 물질적인 것에 있는 것이
아니라, 바로 정신적 성장에 필요한 것들을 할 수 없다는 데 있
었다는 겁니다.

이 심리학자는 크게 깨닫고 돌아와,

이들에게 인문학 교육이 필요함을 인식하고 실천한 것이 클레
멘트 운동입니다.

수감자와 소외계층을 위한 인문학 교육프로그램과 기구를 만

든 것입니다.

교도소와 소외계층을 찾아서 이들에게 철학, 역사, 문학, 예술을 교육했습니다.

그 결과 재범률이 현저히 떨어지고, 삶에 더욱 적극성을 가지더라는 겁니다.

이들에게 진정 필요한 것은 돈이 아니었습니다. 직업 훈련이 아니었습니다.

이들이 성찰적인 삶을 살 수 있게 함으로써 문제를 해결할 수 있었던 겁니다.

인간에게 정말 필요한 것이 무언지 많은 생각을 하게 합니다.

저는 4월에 접어들어 아침 20분 독서하기에 박차를 가하고 있습니다.

아이들에게 단단히 일러뒀습니다. 정신적 가난에서 벗어나기로.

우린 1년에 반드시 24권의 책을 읽기로 약속했습니다.

굳이 24권인 이유는 정신적 성숙을 위한 최소한의 독서량이기 때문입니다.

먼저 도서를 준비했습니다.

자신이 읽었던 책 중에서 가장 아끼는 것을 문고에 비치하기로 했습니다.

제 것까지 포함해 총 34권을 마련했습니다.

도서 속표지에 한 줄의 짧은 감상문과 별표시를 할 수 있는 표지를 붙였습니다.

내용에 대한 만족은 별 3개, 보통은 2개, 미흡은 1개로 표시하기로 했습니다.

우리 반 책장에는 책이 없습니다. 모두 대출된 상태입니다.

저는 수시로 학생들의 속표지에 있는 별표를 확인합니다.

누가 무슨 책, 몇 권을 읽었는지 금방 확인할 수가 있습니다.

아침이면 교실이 무척 조용합니다. 우리는 독서 중.

딴 반 녀석들이 교실에 불쑥 들어왔다 깜짝 놀라 나가는 일들이 많아졌습니다.

그럴 때마다 아이들은 더욱 책읽기에 몰두합니다.

아마 어깨가 으쓱해지는가 봅니다.

성공한 사람들의 공통점은 일기를 쓴다는 사실과 독서광이라는 것입니다.

그도 그럴 것이 매일을 자기 성찰하고

끊임없이 지식 습득을 하는 사람이라면 당연한 일이겠지요.

아이들에게 생각하는 인간, 정신적으로 성숙한 인간으로 자라게 하고 싶습니다.

고등학교 때, 그때 그 독서가 내 삶을 돌려놓았다는 소리를 듣고 싶습니다.

'늘 배고프고 미련한 상태를 유지하라.'

스티브 잡스의 스탠포드 대학 졸업식 축사가

머릿속을 맴돕니다.

철드는 데 50년이 더 걸린 것 같습니다.

그날 우린 제주로 간다

아내는 해마다 생일이 되면 뭔가를 챙겨달라고 조릅니다.
하지만 저는 생일이라고 특별히 챙기지 않습니다.
매일을 생일같이 대접받으며 사는 사람에게
뭘 특별히 챙겨줘야 하느냐고 말합니다.
아내도 멋쩍은 표정으로
'하긴 그래' 라는 말로 웃고 맙니다.

며칠 있으면 스승의 날입니다.
교사들의 생일인 셈이지요.
괜스레 날 정해 놓고
이러지도 저러지도 못해 난감해 합니다.

스승의 날이 따로 있다는 것은,
어쩌면 역설적이게도
스승이 없는 세상이기 때문은 아닌지요?

신라 노래 '안민가' 가 생각납니다.
'아으 군다이 신다이 민다이 하날단

나라악 태평하니잇다.'
(아, 임금은 임금답게, 신하는 신하답게,
백성은 백성답게 한다면 나라 안이 태평할 것입니다.)
본분에 충실해야 한다는 것이지요.

학생은 학생답게.
부모는 부모답게,
교사는 교사답게 한다면
교육이 살아날 것입니다.

어떤 것이 '다운' 것인지요?
얼마 전 학교를 방문하신
한 어머니와 이야기를 나눈 적이 있습니다.

그 어머니는 학생의 성적에 대해서는
단 한마디도 없었습니다.
다만
내 아이는

선생님께 사랑받는 학생으로 자랐으면 좋겠다고 했습니다.

짧은 그 한마디 말씀에는
교사에 대한 무한한 믿음이 묻어 있었습니다.

그 어머니가 참 고마웠습니다.
정말로 교사다워야겠다고 생각했습니다.
매일이 스승의 날이 되도록.

세상이 우리를 힘들게 하여도
우리는 제주로 간다.
수학여행을…

제주에서도 우리는 우리

스승의 날 우린 제주에 왔습니다.
아이들이 준비한,
제주에서의 깊은 밤 조촐한 스승의 날 행사.
행사라 하기엔 너무나 단출한 자리였지만
참으로 정성스런 준비였습니다.

케이크를 대구에서
버스로, 비행기로, 다시 버스로 제주까지 들고 왔답니다.
그 길이 어딘데 말입니다.

여행 출발에서 집으로 돌아오기까지
단 한 번도 얼굴 붉힌 일이 없었습니다.
모두가 즐거웠고
건강하게 돌아올 수 있었음이 고마웠습니다.

세상에!
선생님을 무릎 꿇게 했다는 뉴스도 돌아와서야 알았습니다.
하지만 제주에서도

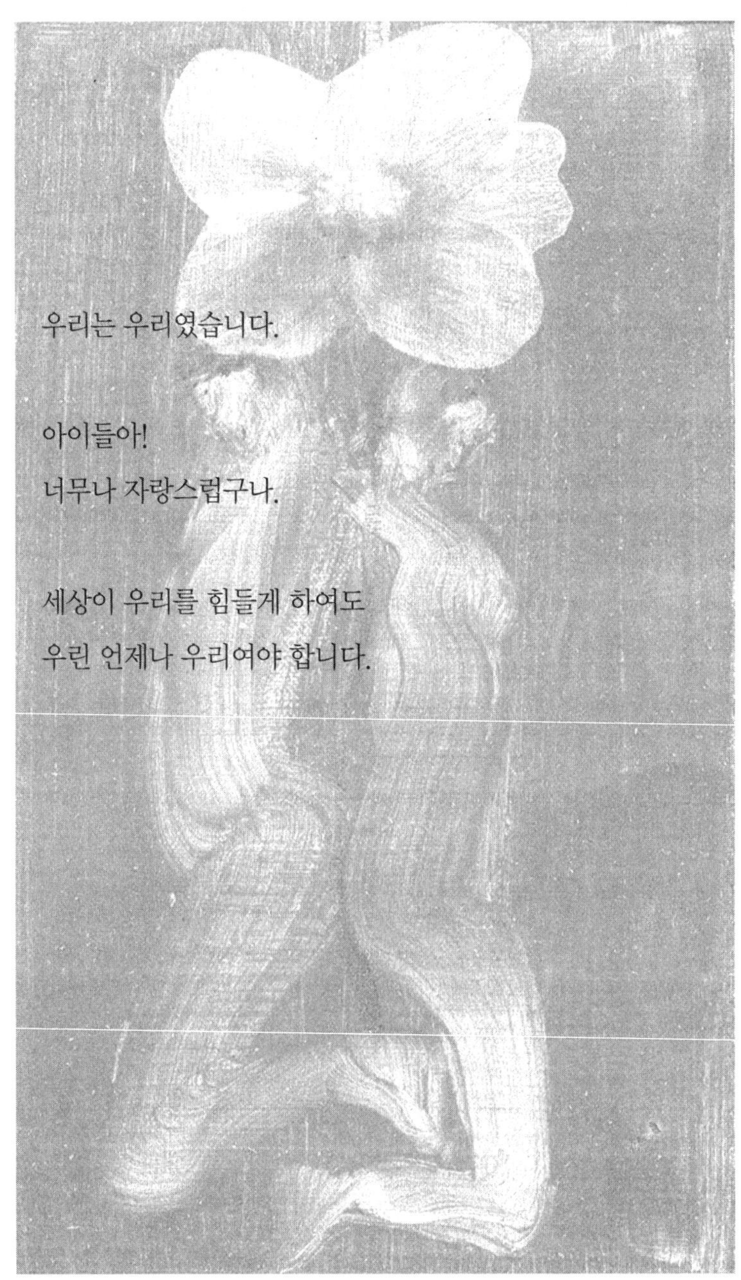

우리는 우리였습니다.

아이들아!
너무나 자랑스럽구나.

세상이 우리를 힘들게 하여도
우린 언제나 우리여야 합니다.

몇 해 전에 발리섬을 여행한 적이 있습니다.

단체 관광이 아닌 비교적 자유로운 여행이었습니다.

3박 4일간 가이드를 대동하여 지프로 이동했습니다.

섬의 중앙을 관통해서 오른 쪽으로 섬의 절반을 일주하는 코스였습니다.

해가 지면 적당한 곳에서 숙박을 하면서 말입니다.

참 이상했습니다.

여행지에 관광객이 별로 붐비지 않았습니다.

발리 폭탄 테러가 큰 영향을 주었으리라 생각은 했습니다만

여행의 풍속도가 우리와는 전혀 달랐습니다.

그건 한마디로 여유!

모든 것이 느긋하게 느껴졌습니다.

식당에서도, 여행지에서도, 숙박지에서도 사람들이 붐비지 않았습니다.

해변에는 수영하는 사람, 조용히 담소하는 사람, 그저 조용하기만 했습니다.

특히 책 읽는 사람들이 많았습니다.

조용히 엎드려 책을 읽다가 더우면 바닷물에 들어가고….

참 신기했습니다. 내 눈에는 너무 낯이 선 광경이었습니다.

하지만 한국인 식당만은 시끌벅적했습니다.

단체 관광 온 우리나라 사람들이었습니다.

먹는 것부터 전쟁이었습니다.

며칠 전 제주도에 수학여행을 갔습니다.

여러 해 비슷한 코스를 열심히 따라다녔기에

버스 이동 중에는 뭘 할까 고민이 되었습니다.

그래서 떠날 때 가벼운 책 한 권을 갖고 갔습니다.

이동 중에 심심하면 볼 요량이었습니다.

그러면서도 내심 별난 놈, 모자라는 놈으로 생각할까봐 눈치도
보입디다.

여행 일정은 언제나 빡빡하고 바빴습니다.

아이들이 어떻게 그 짧은 시간에 출발 준비를 다 하는지 불가

사의 했습니다.

그것도 화장실이 1개 딸린 방에서 말입니다. 더군다나 여학생이.

아마 아침, 저녁엔 화장실이 전쟁터겠지요.

우리의 여행은 옛날이나 지금이나 늘 그랬지요.

여행은 어련히 그런거라구요.

결국 가져간 책은 절반 정도도 읽지 못했습니다.

우린 언제 그런 여유로운 여행을 할 수 있을까 참 안타까웠습니다.

마지막 여행지에서 다행히 몇몇 선생님과 이야기를 나눌 수 있었습니다.

다음 수학여행 때에서는 과감하게 코스를 줄이고

여유롭게 다니는 것이 어떨까 하구요.

선생으로 살아간다는 것은

가르친다는 것에 대해 생각해 봤습니다.

교육에서 가장 중요한 점은

가르치는 사람이라 생각합니다.

어떤 사람이 가르치느냐가 가장 중요하단 얘기죠.

학생들에게 지각하지 말라고 하려면,

교사가 먼저 지각하지 말아야 합니다.

학생들에게 공부 열심히 하라고 하려면,

교사가 먼저 열심히 공부해야 한다고 생각합니다.

치과의사인 제자가 한 명 있습니다.

그 친구가 너무 바빠 자주 보지는 못합니다만

전화로 가끔 안부를 묻곤 하는 사이입니다.

그 친구는 공부하기를 너무 좋아합니다.

그래서 그 고된 의사 생활 속에서도

책을 놓지 않고 산답니다.

그렇지만 너무 슬프답니다.

아무리 열심히 공부한들 가르칠 곳이 없답니다.

그러면서 저를 부러워합니다.

열심히 공부해서 학생들을 가르칠 수 있어서 말이지요.

위로 했습니다.

열심히 공부해라.

언젠가 가르칠 기회가 올 것이라고 말입니다.

준비하는 자에게는 반드시 기회가 온다구요.

자기 성찰 없는 비판은 위선이라 생각합니다.

때문에 학생들을 나무라기 전에 제 스스로를 돌아봐야 합니다.

나는 어떤 선생인가?

나는 스스로 본을 보이고 있는가?

내가 학생들을 나무라고 돌아설 때 손가락질은 받지 않는가?

톨스토이의 이야기로 마무리하려합니다.

진실은 진실한 행동에 의해서만 다른 사람에게 전달된다.

유능한 선생은 좀 어리보기 해야

제 하루 시작은 엄청 바삐 돌아갑니다.

새벽 5시에 기상.

두류공원을 거쳐 1시간 5분 정도 걸어서 출근.

6시 10분 사우나 도착.

7시 25분 학교 도착, 간단한 아침 식사.

7시 55분 교실, 출석 점검, 청소 지시.

8시 20분 수업 준비.

특별한 일이 없으면 이 일과표에 따라 생활합니다.

심리학책을 읽다 당황스런 내용을 보았습니다.

창의적이라고 인정받는 역사상의 인물들은
대체로 다음과 같은 환경이었다고 합니다.

창의적인 사람들은 지적이고 문화적인 자극이 충만한 가정에
서 자랐다.

또한 규율이 약하거나 덜 조직화된 환경에서 자랐다.

한 번 확인하고 싶었습니다.
저의 철저한 생활 태도가 학생들에게 어떤 영향을 미쳤는지?

다음날 아침에는,
아무 말도 없이 교실 뒷자리에 가만히 앉아있었습니다.
아이들은 왁자지껄.
8시 청소 시작종이 쳐도 아무도 청소를 하려고 하지 않았습
니다.
당황스러웠습니다.
5분을 참고 기다리다 결국 청소하라고 지시를 하고 말았습니다.

저의 철저한 생활 습관이 아이들을 '범생' 이거나,
아니면 상당히 수동적 인간으로 만들고 있음을 알았습니다.

그 후로 저는 청소하라 소리치지 않습니다.
스스로 하기까지 끈기 있게 기다리기로 마음먹었습니다.
저나 아이들이나 조금씩 조금씩 변해 갑니다.

제 생각의 틀이 전부가 아님을 깨달았습니다.
학생들이 그 틀 속에 들어가 생활하길 강요해서는
더더욱 안 된다는 걸 알았습니다.
제가 알고 있는 것보다 더 크고 더 다양한 세계가 있음을 알고
더 공부하고 더 겸손해야겠습니다.

교육에서는 더 관용을 베풀어야 함을 깨닫습니다.
특히 무질서도 포용하는 모습이 필요함을 느낍니다.
무질서는 창조의 가능태이기 때문입니다.

그래서 유능한 담임선생님은 좀 어리보기 할 필요성이 있다는
겁니다.

돈 위에 자존심 있다

학교 성과급 지급 문제로 또 말들이 많습니다.

열심히 일하라.

열심히 일한 그대 많이 가져가라.

근데 이게 꼭 그런 것만은 아닌데 문제가 있습니다.

심리학자가 한 가지 재미있는 실험을 했습니다.

재미없는 영화를 보고

다른 사람들에게 재미있다고 거짓말을 해주면

그 보상으로 돈을 주겠다는 겁니다.

2개의 실험군으로 나누었습니다.

보상금을 A팀에게는 100달러를 주고,

B팀에게는 1달러를 주기로 했습니다.

어느 팀이 정말 영화가 재미있다고 거짓말을 잘했을까요?

놀랍게도,

많은 돈을 받은 A팀이 아니라 B팀이었답니다.

1달러 때문에 싸구려 거짓말을 하여 자존심을 파느니
차라리 영화를 정말로 재미있게 보려고 노력했다는 겁니다.
그래서 거짓말한 것이 아니라
정말 영화를 재미있게 본 것이지요.
즉, 돈 위에 자존심이 있더라는 사실을 알았지요.

교사란 직업이 그렇습니다.
지위나 돈을 좇는 것이 아니라
그저 가르친다는 자존심 하나로 사는 것 아닙니까.
그런데 자꾸 돈으로 사람 움직이려드니
은근히 자존심이 상한다는 게지요.

돈 위에 자존심이 있다는 사실.
돈보다 더 중요한 무엇이 있다는 사실.
이걸 알고는 있을 텐데 말이죠.

가르친다는 건 어렵다

나는 사람이 사람을 가르칠 수 있다는 사실을 믿지 않는다.

가르친다는 것의 효용성마저 의심한다.

내가 아는 사실은 단 한 가지

배우려는 사람만이 배울 수 있다는 것이다.

교사란 온갖 지식을 죽 늘어놓고

그게 얼마나 좋은 것인지를 설명한 다음에

한 번 맛을 보라고 권하는 도우미에 불과할지도 모른다.

교육자 칼 로저스의 말씀입니다.

心不在焉(마음에 없으면)

視而不見(봐도 보이지 않고)

聽而不聞(들어도 들리지 않고)

食而不知其味(먹어도 그 맛을 모르니라)

공자님 말씀입니다.

갈수록 가르친다는 것이 어렵게 느껴집니다.

어쩌면 오늘 우리 '선생님'의 처지를 대변하고 있는 듯해서

가슴에 와 닿습니다.

딴 곳에 마음을 두고 있는 학생들.
이 문제를 어떻게 풀어야 하나…

참 행복한 하루

작년 반 아이들이 졸업하기 전에
저에게 책을 10권이나 선물했습니다.

그러니까 수능고사를 치르고도 한참 후의 일입니다.
12월 어느 날 우리 반 두 녀석이
커다란 보따리를 들고 교무실에 들어왔습니다.
무엇이냐고 물었더니 날 줄 선물이랍니다.
장난치는 줄 알고 호통을 쳤더니 책을 한보따리 풀쳤습니다.
자신들의 도서 마일리지로 샀다는데.
아무튼 생각이 기특하기도 하고 무척 고마웠습니다.
감동했지요.

바로 그날 밤 책 한 권을 다 읽었습니다.
그러곤 내용을 요약해서 학생들에게 1부씩 돌렸습니다.
졸업 후에 힘들면 한 번씩 읽어보라고요. 부적같이.

깊은 밤이다.
올해의 마지막 수업을 준비한다.

세상 살다 힘들 때 한 번 쯤 머릿속에 떠올리길 바라는 마음
으로.
니들이 선물한 책. 그중에서
《폰더 씨의 위대한 하루》를 읽었다.
요약해 본다.

역경은 위대함으로 가는 예비 학교다.
결코 좌절해선 안 된다는 생활 지침서.

책의 핵심 내용은
절망에서 벗어나는 7가지 마음가짐.

① 현재의 나는 과거의 내가 선택한 결과이다.
　　때문에 지금의 모든 결과는 모두 내 책임.
　　지금의 나를 인정하라.
　　남의 탓. 환경 탓으로 돌리지 말라.
② 지혜를 찾아라.
　　어려울수록 그 원인을 잘 살펴야 한다.

그런 다음 행동을 바꾸면 미래도 바뀌는 것.

깊이 생각할 줄 아는 지혜가 필요하다.

③ 행동으로 옮겨라.

모든 조건이 갖추어질 때를 기다리는 것만큼 어리석음은
없다.

그런 날은 결코 오지 않기 때문에.

지금! 지금이 행동으로 옮길 기회다.

④ 열정, 의지가 모든 것을 이룬다.

완벽한 조건이 목표를 이루는 건 아니다.

목표를 이루는 건 일에 대한 열정이다.

불타는 열정을 가져라.

⑤ 웃음을 선택하라.

그러면 행복해진다.

늘, 항상, 어디서든 웃어라! 그리고 또 웃어라.

니체가 말했다.

인간은 행복하기 때문에 웃는 것이 아니라,

웃기 때문에 행복하다고.

⑥ 스스로를 사랑하라.

스스로 자신을 소중하게 생각지 않으면,

남들이 결코 그대를 귀하게 대하지 않는다.

심지어 자신의 단점까지도 사랑할 줄 알아야 한다.

그것을 거부할 때 비극은 시작된다.

⑦ 어떤 경우에도 물러서지 않는다.

반드시 성공할 수 있다는 믿음을 가져라.

목표를 향해 돌진하라.

결코 물러서거나, 돌아가서 되는 일은 없다.

불굴의 신념이 목표를 이룬다.

상황에 휩쓸리지 말고 상황을 내가 주도하라.

하루를 반성하는 깊은 밤에 한번쯤 되새겨 보거라!

참 행복한 하루였습니다.

가난이 희망이다

춘래 불사춘春來 不似春이라.
봄이 와도 봄 같지가 않습니다.

학년 초가 되면 잠시 우울함에 빠집니다.
왜 이리 형편이 딱한 아이들이 많은지?
등록금 면제에서 중식비 면제까지….
어린 마음에 상처나 받지 않았는지?
어려운 시기는 다 지나갔다고들 하지만
아직은 아닌 듯합니다.

이솝 우화의 한 자락이 생각납니다.
깊은 숲 속.
물먹으러 연못에 간 수사슴은
물에 비친 자신의 모습을 보고 황홀해 했습니다.
장엄한 자신의 뿔 모습에 자부심을 느꼈습니다.
그러다 말라빠진 자신의 두 다리의 모양을 보고
소스라치게 놀랐습니다.
자신의 두 다리가 너무나 부끄러웠습니다.

너무나 상심해서 풀밭을 거니는데
지나던 사자가 군침을 흘리며 달려들었습니다.
놀란 사슴은 걸음아 날 살려라 하면서
죽을힘을 다해 도망쳤습니다.
사슴은 날렵한 두 다리로
안전한 곳까지 도망쳤습니다.

그러나 아뿔싸.
그만 사슴의 뿔이 우거진 나뭇가지에 걸려
그만 사자에게 잡히고 말았습니다.

죽기 전에 사슴은 생각했습니다.
'스스로 부끄러워한 다리가 내 목숨을 구하고,
그토록 자랑스럽게 여긴 뿔 때문에
죽음에 이르게 되었구나' 라고요.

세상의 이치가 그러한가 봅니다.
우리가 너무나 다행스럽게 생각한 많은 것들이

결국엔 독이 되어 스스로를 파멸로 이끌어간다는 사실 말입
니다.

부유함 속에서의 성장.
좋은 환경. 안락함.
모두가 동경하는 삶일 것입니다.

그러나 이러한 것들이
자신을 나약하게 만들거나,
물신주의에 물든 인간으로 성장하게 하여
인생의 낙오자가 되는 경우를 종종 봅니다.

반면에 가난함 속에서도 불굴의 의지로
인생의 성공에 이른 사람들도 많이 봅니다.

이들 역시 그렇게 부끄럽고 싫었던 그 가난이
오늘의 자신을 있게 한 바탕이 되었다는 사실에
새삼 놀라곤 합니다.

가난 그 자체가 성취동기가 되었던 것이지요.

헝그리 정신!
오늘의 우리 젊은이들이 알기나 할는지요?

리어왕의 한 구절로 마무리하겠습니다.
맨 밑바닥에 있는 자는,
행운에서는 밀려나 있지만
아직 희망이 있고
무서워하면서 살지는 않는다.

그래도 겸손하게 살아야

상화하택上火下澤.

위는 불, 아래는 물이라는 뜻으로

갈등이 심화되고 있는

오늘의 우리 사회를 가장 잘 표현한 말이랍니다.

황우석 교수 사건….

너무 어지러운 세상.

이카로스의 신화가 생각나는 때입니다.

새의 깃털로 날개를 만들어서

섬을 탈옥하는데 성공했습니다.

하늘로 두둥실 떠오르는 순간,

태양 가까이 가지 말라는

아버지의 간곡한 부탁도 잊어버립니다.

마음 한구석에 오만함이 슬며시 자리를 잡았습니다.

이 세상 그 누구보다도

더 높이 날 수 있다는 자만심 때문에
탈옥이라는 당초의 목적을 잊은 채
높이 더 높이 날아오르는 것에만 정신을 팔았습니다.

태양 가까이 날아오르던 이카로스는
강렬한 태양빛에 깃털을 이어 붙인 밀랍이 녹아내려
결국 추락해 죽고 말았습니다.

인간의 지나친 욕망은
결국 자신을 파괴하고 맙니다.

욕망을 절제할 줄 모르는 우리 인간들.
동양의 고전에서도 경계하고 있습니다.

항룡유회亢龍有悔라 했습니다.
가장 높은 곳에 오른 용에게는
반드시 후회가 있기 마련이다.

욕망의 절제. 참 어렵습니다.
그래도 겸손하게 살아야겠습니다.

수능 대박은 없다

입시 상담하랴, 시험 출제하랴, 원서 뒤치다꺼리하랴,
수업하랴, 야간 당직하랴 숨 넘어 가는 1주였습니다.
선생님들 입에서 죽겠다는 소리가 저절로 나옵니다.
늦게 집으로 돌아오면 파김치가 됩니다.

작년에 비해 수시모집에 응시하는 학생 수가 급격히 늘었습니다.
그래서 학습 분위기는 벌써 파장이 된 것 같네요. 그게 아닌데.
학생들도 상당히 불안해하고 예민해졌습니다.
친구가 2~3대학 원서를 내는 것을 보면,
1곳에 낸 학생은 왠지 불안해합니다.
그래서 1~2곳에 더 냅니다.
이런 불안감이 상승 작용하여 너도 나도
대학교 수시모집에 여러 곳을 응시하는 결과를 낳고 있습니다.
거름지고 장에 가는 어리석음을 범해선 안 되는데….
탄탄한 뱃심이 필요한 때입니다.

학생들 책상 위에, 문제지 표지에

'수능 대박!!' 이라고 많이들 써 놓았습니다.

수능 대박!

이보다 더 간절한 소망이 또 있을까요?

하지만 수능 대박은….

있을까?

있는 것일까?

있어도 되는 것일까요?

십 수 년 전 일입니다.

제자 K군이 있었습니다.

심성은 착했지만 공부는 별로였습니다.

대학진학에 실패를 했습니다.

당시만 하더라도 4년제 대학진학률이 50% 정도였습니다.

절반 정도의 학생은 대학 불합격 상태의 안타까움 속에서

졸업식을 치러야 했습니다.

졸업식 날.

K군의 어머니가 찾아 오셨습니다.

조그만 선물을 건넸습니다.

아들을 잘 보살펴 준 것에 대한 감사의 표시랍니다.

사양했습니다.

대학에 진학시키지도, 잘 보살피지도 못했노라며.

아니랍니다.

내 아들이 대학에 진학하지 못한 것은

너무나 당연한 일이라 하셨습니다.

내 아들을 위해서도 잘 된 일이라 하셨습니다.

만약 내 아들이 올해 대학 진학을 했다면….

세상살이를 얼마나 쉽게,

우습게 생각하겠느냐 하셨습니다.

불합격을 통해 내 아들이

세상살이가 호락호락하지 않다는 것을

배웠으니 제대로 된 교육이었다 하셨습니다.

제가 침을 '꼴깍' 하고 삼켰습니다. 놀랐습니다.

그 어머니는 많이 배운 분이 아니었습니다.

제가 너무 부끄러웠습니다.

그 어머니는 생활 속의 위대한 철학자였습니다.

그 녀석은 지금 무엇을 하고 있는지?
세상 참 자-알 살아가고 있을 것이라 믿습니다.

갑자기 많은 돈을 벌었다는 이야기는 들은 적이 있습니다.
수능 대박은….
없습니다. 들은 적이 없습니다. 아니 있어서도 아니 됩니다.

이젠 수능 대박이란 말 대신
뿌린 대로 거두리라가 어떻습니까?
그래서 많은 수확을 위해 오늘도 땀을 흘립시다.
그렇습니다.
흘린 땀 없이 튼실한 열매를 기대한다는 것은
나무 밑에서 토끼를 기다리는 어리석음과 무엇이 다르겠습니까?

오늘은 대행 스님의 말씀으로 마무리하겠습니다.
苦(고)는 좋은 칼을 만들기 위한 담금질이다.

한 해를 보내며

한 해가 저물어갑니다.
세월의 속도는 나이에 비례해서 흐른다더니….
힘든 일들은 없었는지요?
새해엔 좋은 일들만 있기를 빕니다.

갈망하면 꿈은 이루어진다지요!
모두 한 마리 새가 되어
새해엔 자유로운 꿈 이루십시오.

노자의 말씀이 어울리는 때가 되었나 봅니다.

물처럼 움직여라.
물은
장애물이 없는 한 흐르고, 둑을 만나면 멈춘다.
그리고
둑을 없애면 다시 흐른다.
물은
그릇에 따라 모나게 변하기도 하고 둥글게 변하기도 한다.

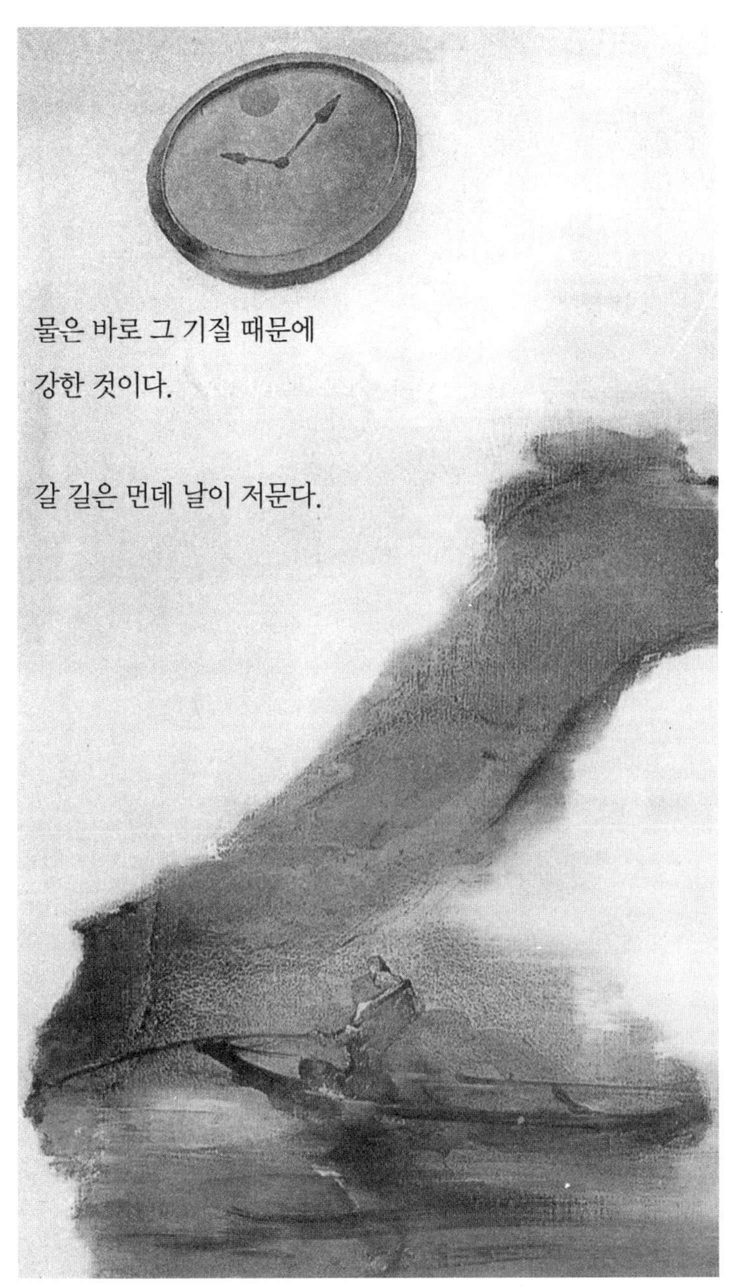

물은 바로 그 기질 때문에

강한 것이다.

갈 길은 먼데 날이 저문다.

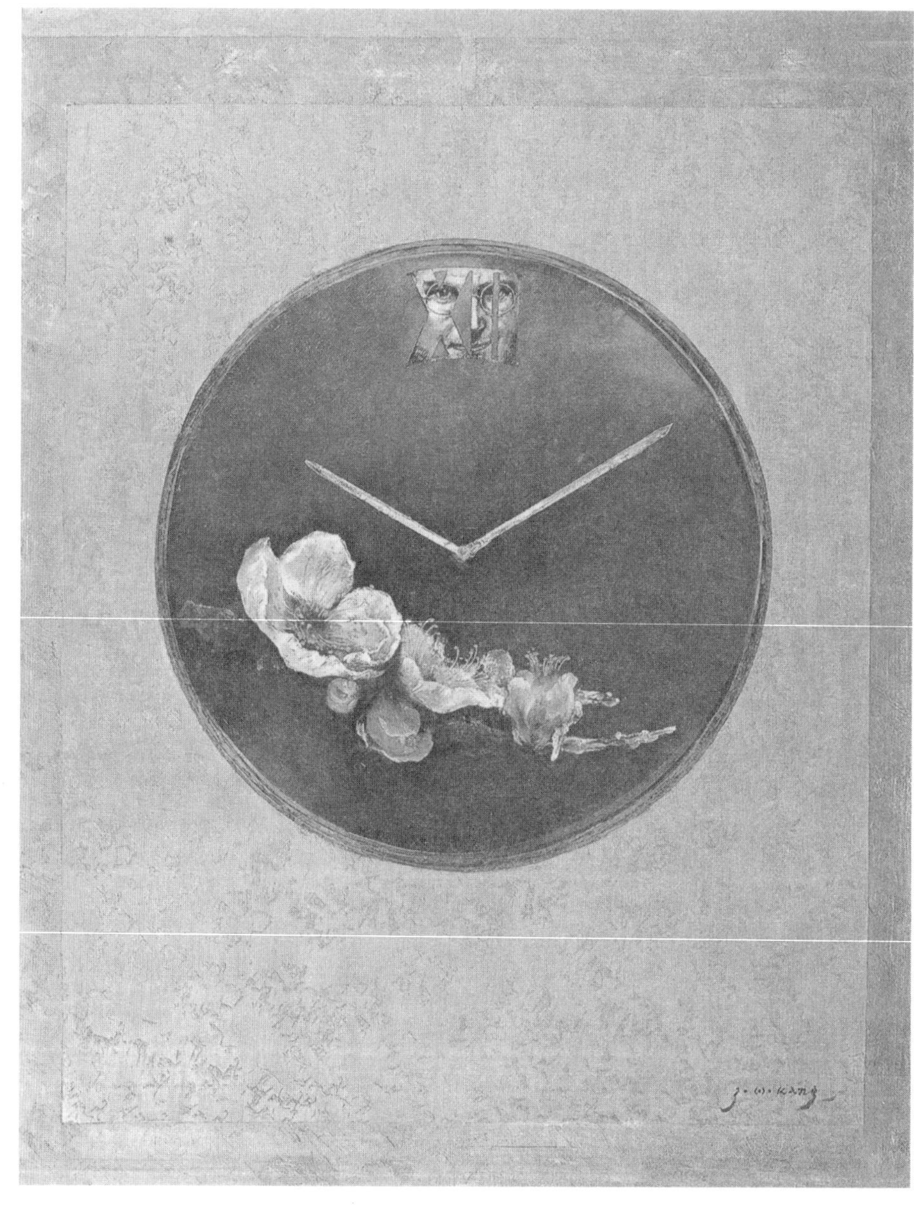

2부 · Life is outside

산에 오르다

오늘 4시간여 즐거이 산을 헤맸습니다.

아! 운무雲霧.
글자 그대로 신선의 세계 아니던가요?

모두 한그루의 나무는 힘차게 가꾸셨지요?

꿈속을 헤매시는지?
등산의 감흥이 잠을 앗아가 버렸습니다.

노자의 말씀입니다.

가장 완전한 것은 마치 이지러진 것 같다.
그래서 사용하더라도 해지지 않는다.

가득 찬 것은 마치 비어있는 듯하다.
그래서 퍼내더라도 다함이 없다.

가장 곧은 것은 마치 굽은 듯하고
가장 뛰어난 기교는 마치 서툰 듯하며,
가장 잘 하는 말은 마치 더듬는 듯하다.

고요함은 조급함을 이기고,
추위는 더위를 이기는 법이다.
맑고 고요함이 천하의 올바름이다.

높은 산에 올라 곱씹어도 좋을 듯합니다.

뜨거워 봤습니까?

스승의 날입니다.

제자들의 사랑 편지 많이 받았습니다.

사랑 편지는 늘 나를 부끄럽게 만듭니다.

스스로 위안을 합니다. 새롭게 시작해 보는 거라고요.

오늘은 사랑에 관해 생각해 볼까 합니다.

연탄재 함부로 발로 차지 마라.

너는

누구에게 한 번이라도 뜨거운 사람이었느냐.

요즘 많은 젊은이들이 좋아하는 안도현 선생님의 시입니다.

진정한 사랑 해 봤습니까? 뜨거워 봤습니까?

사랑이란 말은 왜 늘 가슴 아픈 기억으로 떠오르는 걸까요?

아마도 그건 사랑할 줄 몰랐기 때문이 아닐는지요?

도대체 사랑이 무엇이기에?

에릭 프롬의 《사랑의 기술(The art of loving)》 한 부분을 옮

겨봅니다.

사랑은 수동적 감정이 아니라 활동이다.

사랑은 참여하는 것이지 빠지는 것이 아니다.

사랑의 활동적 성격은 받는 것이 아니고 주는 것이라 말할 수 있다.

주는 것이란 어떤 것을 의미하는가?

가장 크게 퍼져있는 오해는

준다는 것은 무엇인가를 포기하는 것, 빼앗기는 것,

희생하는 것이라고 생각하는 것이다.

그래서 주는 것을 가난해지는 것으로 생각한다.

그렇기 때문에 주려고 하지 않는다.

그러나 생산적 성격의 경우, 주는 것은 전혀 다른 의미를 갖는다.

주는 것은 잠재적 능력의 최고의 표현이다.

준다고 하는 행위 자체에서

나는 나의 힘, 나의 부, 나의 능력을 경험한다.

준다는 것이 나에게 매우 큰 환희를 가져다준다.

따라서 주는 것은 박탈당하는 것이 아니라,

받는 것보다 더 즐겁다.
이것이 사랑이다.

이런 사랑 해봤나요?
아낌없이 주는 사랑.
못해 봤다면 오늘밤
로미오와 줄리엣의 주제곡
‘A TIME FOR US’라도 한 곡 들어봅시다.
라– 라~라라 라라라라….

참 나쁜 놈

"나뿐인 놈은 나쁜 놈이다."
며칠 전 책을 읽다가 발견한 문굽니다.
너무나 절묘한 표현이라 혼자서 무릎을 탁 쳤습니다.

'자신보다도 뛰어난 사람을 부릴 줄 아는 남자 여기 잠들다.'
철강왕 앤드류 카네기 묘비에 새겨진 글입니다.

사람은 누구나 자기의 경험에 자유롭지 못합니다.
그 경험을 넘어서지 못합니다.
내가 보고 들은 것이 이 세상 전부라고 생각합니다.

실상을 보는 것이 아니라
아는 만큼만 보는 것이죠.

가진 자는 못 가진 자의 슬픔을,
건강한 사람은 아픈 사람의 고통을,
주류는 비주류의 서러움을 알지 못합니다.

나와는 다르다.

차이가 난다고 인정할 줄 모릅니다.

나와 다르면 모두가 잘못된 것입니다.

나뿐인 놈은 참 나쁜 놈입니다.

사마천의 사기에 나오는 이야기가 생각납니다.

오기는 위나라 무후왕을 모셨는데,

어느 날 무후왕이 신하를 모아놓고 회의를 열었습니다.

그런데 아무도 무후왕보다 좋은 의견을 내지 못했습니다.

회의를 마치고 이에 흡족해 나가려는 무후왕을 쫓아가 말했습니다.

옛날 초나라 장왕이 신하와 회의를 했는데

아무도 그보다 좋은 의견을 말하는 사람이 없었습니다.

회의를 마친 장왕의 얼굴 표정이 어두운 것을 보고

"신공이 무슨 일로 그리 근심이 가득한 얼굴을 하고 계십니까?" 하고 묻자,

장왕은 "어느 시대든 성인이 있고,
어느 나라에든 현자가 있기 마련이오.
성인을 찾아 스승으로 삼는 자는 왕이 되고,
현자를 찾아 벗으로 삼는 자는 패자覇者가 된다고 했소.
그런데 내 곁에는 나보다 좋은 의견을 낼 수 있는 인재가 없소
이다. 우리나라의 앞날이 어떻게 될지 걱정이오"라고 대답했습
니다.

장왕은 신하들의 무능함을 한탄했습니다.
"그런데 폐하께서는
오히려 그것을 기뻐하고 계시니
이 나라의 앞날이 걱정입니다."

우리가 몸담고 있는 조직에도
해결해야 할 문제가 무수히 많은데도
구성원들이 침묵하는 이유가 있다고 전문가는 진단합니다.

첫째는

침묵을 강요하는 조직 문화가 존재하기 때문입니다.

둘째는

리더가 하위 직급에게 부정적인 피드백을 받는 것을 두려워하기 때문입니다.

셋째는

아랫사람들보다 리더가 항상 우월하다는 생각을 가지고 있기 때문입니다.

넷째는

일사불란하게 움직이는 통일성이

다양한 목소리보다 중요하다고 생각하기 때문입니다.

이 전문가는 조언합니다.

이것을 타파하기 위해서는 용기와 정직이 필요하다고요.

용기는 조직의 문제를 리더에게

거리낌 없이 털어놓을 수 있어야 한다는 뜻이고,

정직은 문제가 있음을 숨기지 말자는 뜻입니다.

이것이 조직 발전의 지름길입니다.

원효의 얘기로 마무리 하겠습니다.

자기의 조금 들은 바의 좁은 견해만을 내세워
그 견해에 동조하면
좋다고 하고,
반대하면
잘못이라 하는 사람들이 있다.

그런 사람은 갈대 구멍으로 하늘을 보는 것과 같다.
갈대 구멍으로 하늘을 보면 좋다고 하고
그렇지 않은 사람은 하늘을 보지 못하는 자라고 한다.

갈대 구멍으로 하늘을 보는 자는
남도 그같이 하기를 강요하고
그것이 옳다고 고집한다.
이 얼마나 어리석은 일인가.

혹여 내가 몸담고 있는 조직은 어떠한지요?

나쁜인 놈은 참 나쁜 놈입니다.
WISDOM

부자 되는 법

"부~우자 되세요."
이 광고 카피가 유행한 적이 있었습니다,
세상살이가 아주 힘들었을 때의 얘기지요.
지금도 그때 못지않게 어렵다고들 합니다.

똑똑한 후배 한 놈이 실직을 한 모양입니다.
외국인 회사에 근무하면서 제법 잘 나가던 놈이었습니다.
실직한 지가 3년이 다 되어간다며
이젠 아이와 마누라 보기가 무섭답니다.
세상이 호락호락하지가 않음을 뼈저리게 느낀답니다.

세상에 부자가 되는 확실한 방법이 있다면
참 좋겠다는 생각이 들었습니다.

의외로 간단한 방법이 있더군요.
"부자가 되는 데는 두 가지 방법이 있다.
먼저 돈을 많이 벌면 된다.
둘째는 마음속의 욕망을 줄이면 된다."

사실인즉 톨스토이의 말씀입니다.

인간은 도대체 무엇 때문에 사는가?
리처드 바크 작품 《갈매기의 꿈》 한 대목입니다.

우리가 향하는 곳이 어디인가를 생각지도 않은 채
순간적인 일들만 생각하며 살아왔어.
삶에는 먹는 것과 싸우는 것, 권력 다툼보다
훨씬 중요한 일이 있다는 깨달음에 이를 때까지,
우리 갈매기들은 얼마나 오랜 세월을 거쳐야만 했을까?
넌 그걸 알고 있어?

오랜 세월을 거쳐 깨달은 훨씬 중요한 일 그것이 무엇인지요?

그렇습니다.
먹고 사는 것보다 훨씬 중요한 일.
그것이 사랑이든, 자유든, 평화든, 신앙이든,
보잘 것 없는 작은 무엇이든 무슨 상관이 있겠습니까?

욕망을 줄이고
삶의 의미를 생각하며 산다는 이 사실이 중요한 거지요.

당장 배고픈 후배에게는 다 씨잘데기 없는 이야기겠지요.

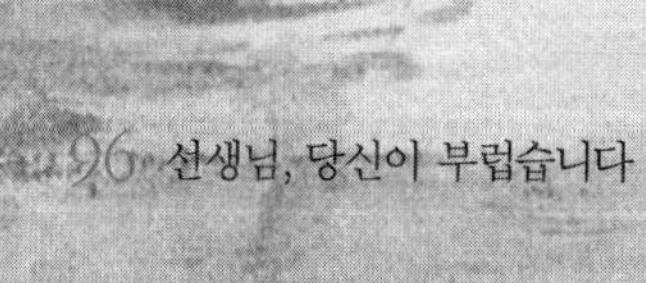

인생의 궁극적 성공

처음으로 주례를 했습니다.

수차례 사양을 했지만 더 고집할 수가 없는 형편이었습니다.

저 역시 그다지 성공적인 삶을 살지도 못한 주제에

남의 삶에 훈수를 둔다는 것이 말이나 되어야 말이죠.

그래서 주례는 이것이 처음이자 마지막이라 마음을 먹었습
니다.

시작한 일이니

무슨 의미 있는 이야기를 해 주긴 해 주어야 하는데….

엄청 고민을 많이 했습니다.

그래서 상투적인 주례사 끝에 한 가지 질문을 던졌습니다.

"요즘 경제적으로 상당히 어려운 시기입니다.

청년실업이 심각한 사회 문제입니다.

이런 때,

신랑은 의사요, 신부는 교사입니다.

흔히 성공의 문턱에 이미 들어선 두 사람이라 생각합니다.

그러면 인생에 있어서 궁극적인 성공은 무엇이라 생각합니

까?"
　　하고 물었습니다.
　　답변해 보라고 했더니
　　두 사람이 생글거리며 웃기만 합디다.

　　제가 당부했습니다.
　　"인생에 있어서 궁극적인 성공이란
　　당신의 배우자가 해가 갈수록
　　당신을 더욱 좋아하고 존경하는 것이다"라고요.
　　하객들 모두가 미소와 함께 고개를 끄덕였습니다.

　　미국의 유명한 CEO 짐 콜린스의 말이었습니다.

　　저 또한 인생의 궁극적인 성공을 절반이라도 거두었는지?
　　덕분에 깊이 성찰해 봤습니다.

　　그렇습니다.
　　사랑의 묘약.

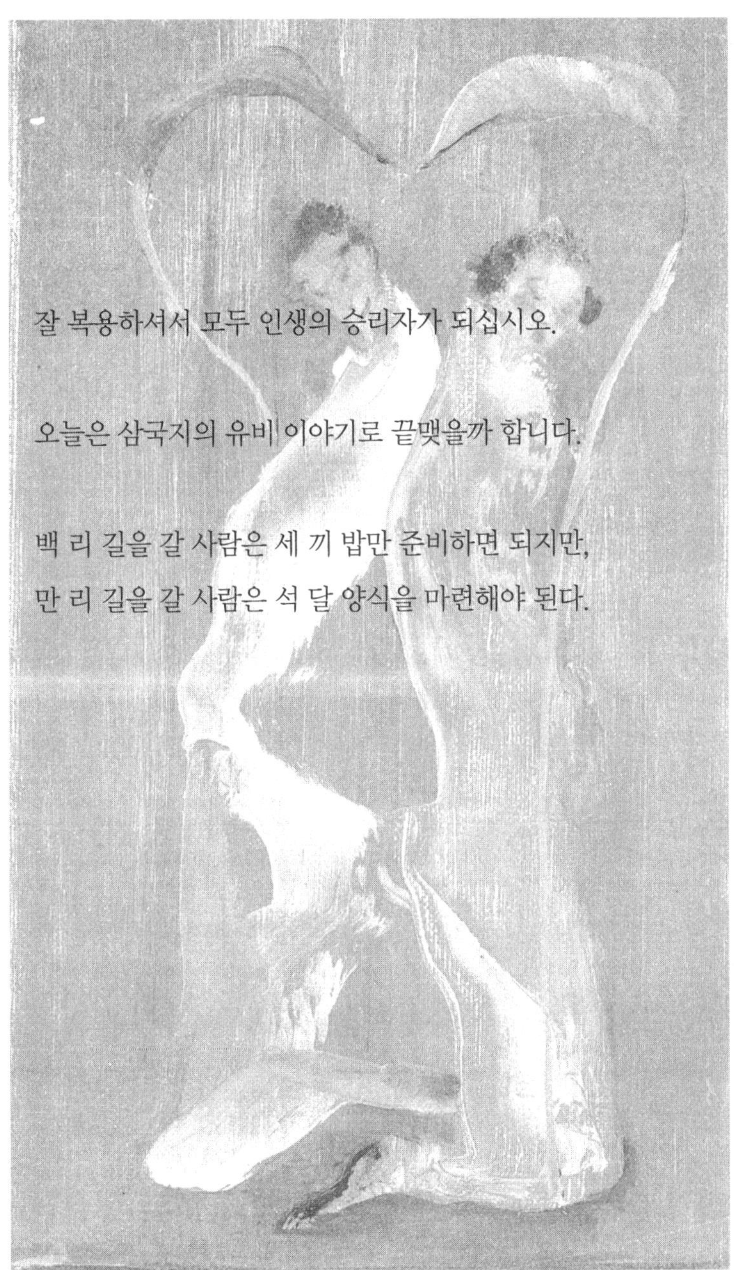

잘 복용하셔서 모두 인생의 승리자가 되십시오.

오늘은 삼국지의 유비 이야기로 끝맺을까 합니다.

백 리 길을 갈 사람은 세 끼 밥만 준비하면 되지만,
만 리 길을 갈 사람은 석 달 양식을 마련해야 된다.

절망이 스승이었던 사람들

얼마 전 뉴욕 소더비경매장에서
피카소의 초기 작품 경매가 있었습니다.
'파이프를 든 소년'이 미술품 경매사상 최고액인
약 1,200여 억 원에 팔렸답니다.

하지만 그 그림을 그리던 시절의 피카소는
배가 고파 자기가 기르는 고양이가 물고 온 쏘시지를
빼앗아 먹어야 할 만큼 생활이 어려웠다고 합니다.
참으로 아이러니가 아닐 수 없군요.

남북전쟁으로 인해 자신의 모든 것.
사랑, 부귀영화가 바람과 함께 사라져버린 비운의 주인공
스칼렛의 마지막 대사가 제 가슴을 칩니다.

내일은 내일의 태양이 떠오른다.
(Tomorrow is another day – '바람과 함께 사라지다' 중
에서)

원작자 마가렛 미첼은 기자 생활을 그만두고

10년에 걸친 작업 끝에 이 작품을 완성합니다.

하지만 무명인 미첼의 작품을 어느 곳에서도 출판하려하지 않았습니다.

출판사로부터 수많은 퇴짜를 거듭 당하면서도 절망하지 않았습니다.

때마침 당대 제일의 출판사 사장이 기차를 타고

미첼이 거주하는 마을을 지나간다는 신문 기사를 보게 되었습니다.

미첼은 작품 원고를 갖고 그 기차를 탔습니다.

그리고 그 사장을 만났습니다.

기차 여행 중에 꼭 자신의 원고를 한 번만 읽어달라고

부탁하고 원고뭉치를 건넸습니다.

사장은 이상한 사람 다 본다는 듯 엉성히 고개만 끄덕였습니다.

그러곤 원고뭉치를 기차 선반 위에 던져두고는 곧 잠이 들었습니다.

얼마나 지났을까?

사장 앞으로 한통의 전보가 왔습니다.

미첼이 보낸 것으로 자신의 작품을 읽었는지,
읽지 않았다면 꼭 한 번 읽어달라는 부탁이었습니다.
귀찮은 듯 전보를 던져버렸습니다.
얼마 지나지 않아 같은 내용의 전보가 또 왔지만,
그 사장의 마음을 움직이지 못했습니다.
세 번째 전보를 받고서야 사장은 그 끈질김에 항복을 하고
선반 위에 던져두었던 원고를 읽기 시작했습니다.
단숨에 작품을 다 읽은 사장은 곧바로 출판을 허락했습니다.
그리곤 베스트셀러가 되었습니다.
그야말로 '대박'을 터뜨린 거지요.
퓰리처상 수상. 비비안 리 주연의 영화화.
오스카상 8개 부문 수상. 세계 60여 개국 언어로 번역 등.

해리포터의 작가 조안 롤링.
현대무용의 선구자 이사도라 덩컨.
세계적 비디오 아티스트 백남준.
초등학교 졸업이 전부인 세계적 감독 김기덕.
고등학교 졸업으로 흥행의 마술사가 된 유승완 감독.

아니, 아니,
우리가 알고 있는 이 세상에서 성공한 사람 모두가
절망이 스승이었다고 말합니다.

그렇습니다.
절망과 희망, 실패와 성공은 늘 가까이에 있답니다.
아닙니다. 가까이 있는 게 아니라 그건 하나입니다.
치열한 정신이 살아있는 한.

그래 우린 스틱으로 저 바다를 두드려야 한다

오늘은
윤도현 밴드에서 드러머로 활동하는
김진원의 이야기로 시작할까 합니다.

그가 속초에서 자전거로 과일 배달을 하고 있던 힘들고 어려운
땝니다.
아침 길거리에서 소설가 이외수 선생님을 우연히 만났답니다.
평소 존경해 오던 터라,
커피 한 잔을 대접하고 싶다고 하여
가까운 다방에 들렀다는군요.
이런저런 이야기 끝에 드럼을 공부하고 있다고 얘기를 했다는
군요.
그러자 이외수 선생님은 바다가 보이는 곳으로 자신을 데리고
가서는,
슬프고 고통스러울 때에는 스틱으로
저 바다를 두드리는 자신의 모습을 떠올려보라고
말씀해 주시더란 겁니다.

그 후 10년이 흘러

청년은 대한민국에서 가장 인기 있는 밴드의 드러머가 될 수 있었습니다.

이외수 님의 수필집 《바보 바보》 속의 한 대목입니다.

이제 본격적인 대학 선택의 시기입니다.

이 선택이 자신의 운명을 갈라놓을 지도 모릅니다.

때문에 용기와 신중함이 필요하지요.

토머스 카알라일은

'사람들의 삶에 있어서 가장 중요한 문제는

이 세상에서 자기가 해야 할 일을 찾아내는 것' 이라고 했습니다.

제가 여고로 전출 와서 깜짝 놀란 것이 하나 있습니다.

학생들에게 직업 선택에 대한 질문을 했을 때,

거의 80% 정도의 학생이 교사를 희망한다는 것입니다.

20여 년 이상 남학교에 있으면서
대부분의 세월을 대학입시로 보냈습니다만,
사범대나 교육대에 원서를 써준 기억이 없습니다.
그러니 여학생들의 희망 사항에 제가 까무러칠 수밖에요.

교사의 직업이 그렇게 매력적일까요?
정말 그럴까요?

작년 졸업생의 일입니다.
꽤 공부도 잘하고 상냥한 성격의 제 반 학생이었습니다.
교사가 되는 꿈을 가지고 있었습니다.
부모님도 마찬가지였습니다.
저도 교육대학 갈 수만 있었으면 하고 걱정을 했습니다.
진로에 대해 터럭만큼도 의문을 품지 않았습니다.
하느님이 보우하사 좋은 성적을 얻었고,
희망대로 교육대학에 진학을 했습니다.

그리고 바삐 세월은 흐르고,

정들었던 아이들은 모두 학교를 떠나고,
한 해의 농사가 마무리 되는 듯했습니다.

그러던 어느 날
교대로 진학한 학생의 어머님이 전화를 했습니다.
아이가 재수를 하려고 하니 면담을 부탁한다는 것입니다.

학생의 얘기는 이랬습니다.
교육대학에 합격을 하고 집에서 이불 뒤집어쓰고,
자신의 미래 모습을 연상해 봤다는 겁니다.
조무래기들 앞에서
핏대를 올리고 있는 자신의 모습을 봤다는 겁니다.
평생의 모습을 아무리 아름답게 그리려 해도
아름답게 그려지지 않는다는 겁니다.
평생을 후회할 것 같았다는 겁니다.
그래서 여기서 멈추어야 한다는 판단을 했답니다.

그에게는 더 이상의 말이 필요 없었습니다.

이 직업에는 보람이 있다.

사명감이 있다. 안정적이다. 노후가 보장 된다.

직업 선호도 1위다.

더 공부해서 더 나은 곳으로도 갈 수 있다.

다 쓸데없는 말이었습니다.

우리 인생 중에서,

일하는 시간이 얼마나 되는지 생각해 본 적이 있는지요?

제 기억에 의하면

일, 일을 위한 준비(출퇴근 시간 포함),

잠자는 시간 등을 빼면

자신이 온전히 사용할 수 있는 시간은

하루에 많아야 3~4시간 정도랍니다.

우리는 깨어있는 시간의 대부분을 일을 위해 사용하고 있습니다.

일생에 있어 이렇게 많은 시간을 차지하는 일(직업).

이 일이 오직 빵만을 위해서라면
그 인생이 얼마나 불행하겠습니까?
진정 하고 싶은 일을 평생 할 수 있다면
그 인생이 얼마나 행복하겠습니까?

이제 여러분은 깊이 또 깊이 생각할 때입니다.
직업이란,
내가 자부심을 느낄 수 있고,
잘 할 수 있고, 즐길 수 있는 것이라야 합니다.

현실에 안주하여, 안전하고
조그만 빵만을 탐하고 있는 건 아닌지요?
꿈꾸는 자신의 모습을 바다 위에 그려보십시오.
그것이 진정 자신이 원하던 모습인지요?

조셉 캠벨의 말로 마무리하겠습니다.

살기 위해,

오로지 돈을 벌기 위해,
원하지 않는 직업을 선택하는 사람은
자신을 노예로 만드는 사람이다.

결단의 순간

아들놈 이야기로 시작해야겠군요.

아들 녀석이 작년 12월에 군에 갔습니다.

입대 나이가 꽤 늦었습니다.

사연인즉.

2학년까지 잘 다니던 공과대학은 적성에 맞지 않는답니다.

그래서 다니던 대학을 그만두고

다시 수능시험 치르고, 서울의 영화학과로 진학했습니다.

하고 싶은 것 하면서 살겠답니다.

언제 공과대학 억지로 가랬나?

그것도 본인 스스로 선택한 것인데.

참 기가 막혔습니다.

금쪽같은 젊은 날의 2년, 어디 가서 찾나요?

명색이 애비가 3학년 입시지도만 십 수 년을 한 전문가 아닙
니까?

자식 이기는 부모 없다는 말이 딱 맞다 생각했습니다.

순간의 선택이 평생을 좌우한다는 말도 생각났습니다.

입대하기 전에 아들놈과 술 한 잔 하고 싶었습니다.
한 마디는 해서 보내야 할 것 같았기 때문입니다.
그러나 그런 기회는 영영 오지 않았습니다.
아들놈이 친구들 만나 술 마시기 바빴기 때문이지요.
그래서 하고 싶은 말은 끝내 못하고 말았습니다.
참 섭섭했습니다.

헌데 군대 가서 많이 변했습니다.
안부 편지, 안부 전화도 할 줄 압니다.
대학 다닐 때보다 훨씬 자주 통화합니다.
역시 사내는 군대 가야 인간 된다는 말이 맞는 것 같습니다.
비록 제대할 때 모든 것 반납하고 올지 몰라도.

그렇습디다.
세상을 살면서 우린 늘 결단의 순간을 맞습니다.
결단에는 용기와 지혜가 필요합니다.

그 순간을 위해서 우리는 늘 준비를 하고 있어야 합니다.
순간의 선택이 인생을 바꿔버리니까요.

이제 선택의 시간이 서서히 다가옵니다.
어제 우리 반 4명의 학생이 1학기 수시모집에 지원을 했습니다.
모쪼록 후회 없는 선택이었길 바랍니다.

내 사랑 여러분!
현명한 선택을 위해선 아래 2가지만이라도
오늘 불 꺼놓고 깊이 고민해 보십시오.

돈, 명예, 권력, 손쉬움에 휩쓸리진 않았는지요?
마음의 소리에 귀 기울여 보십시오.
정말 자신이 이 방면에 열정이 있어 선택했는지?
하고 싶은 것은 따로 있는데 형편 때문에…라고
자신을 합리화하고 있지는 않는지?
도전하기보다는 안일함에 젖은 선택은 아닌지?

자신에 대한 평가는 정직한 것인지요?

자신이 가야 할 길을 정확히 알아야 합니다.

이것이 평범한 인간에서 비범한 인간으로 가는 지름길입니다.

행복이란 자신의 인생에 몰두할 수 있고,

선택한 일을 온전히 즐길 수 있을 때 오는 것이라 했습니다.

어떤 일에 몰두할 것인지.

생각, 생각 또 생각하십시오.

이제 침대를 바꾸자

프로크루스테스는 아테네 교외의 강가에 살면서

지나가는 나그네를 집에 초대한다고 데려와

쇠침대에 눕히고는

침대 길이보다 짧으면 다리를 잡아 늘이고

길면 잘라버렸습니다.

아테네의 영웅 테세우스에 의해

그가 저질렀던 똑같은 방법으로 죽습니다.

이 신화에서 프로크루스테스의 침대,

프로크루스테스 체계라는 말이 생겨났습니다.

융통성 없는 고전주의의 성격을 논할 때

자주 인용하는 이야깁니다.

일상에서는,

융통성이 없거나 자기가 세운 일방적인 기준에

모든 것을 억지로 맞추려는

아집과 편견을 비유하는 관용구로 자주 사용합니다.

내 생각이 옳다고 주장하는 것은
그것이 보편타당한 진실에 근거하고 있을 때
정당화될 수 있는 것입니다.
모든 사물을 자신의 눈으로만 보고
그것이 실상이라고, 진실이라고 주장한다면
우리 사회는 어떻게 되겠습니까?

학생들이 규정을 위반하는 행위를
어떻게 볼 것인가를 두고
생각들이 달라도 참 많이도 다르구나 하고 느낍니다.

지각하는 것, 귀걸이 하는 것,
운동화 폼 나는 것 신는 것,
머리 묶지 않는 것, 양말 색색이 신는 것,
교복 꽉 끼게 입는 것 등.
생각해 보면 당연히 지켜야 할 것들이며,
동시에 너무나 사소한 것들입니다.

내가 그렇게 하며, 내 아내가 그렇게 하고,
내 애인이 그렇게 하고, 내 딸이 그렇게 하고,
내 며느리가 그렇게 하고, 할머니까지도 그렇게 합니다.
멋 부리기는 인간의 본능이란 이야깁니다.

역지사지易地思之하여
학생의 입장에서 생각해 보면 어떨까요?

규정을 위반하는 그들의 행위는 그들 미래의 꿈인 것입니다.
그 꿈을 미리 현실화시켜 보는 겁니다.
이유 없습니다. 그냥 좋으니까.

중요한 사실은 위반자는 소수라는 겁니다.
때문에 전체를 향해 너무 신경질적인 반응을 보이기보다는
너그러운 설득이 필요하지 않을까 생각해 봅니다.

적어도 교육에서만큼은 약간의 무질서를
수용하고 이해하는 관용이 필요하다고 생각합니다.

우리가 생각하고 알고 있는 것들이
절대적 선도, 진리도 아니기 때문입니다.
세월이 흐름에 따라
그 선도, 진리도 변하게 마련이니까요.

더 넓은 세상에서 더 많은 경험이 필요한 우리 학생들에게는
하지 마라는 부정적인 지시를 하기보다는
많은 것들을 해보라는 긍정의 메시지가 필요합니다.

하지 마라, 하지 마라, 하지 마라가 아니라
JUST DO IT!!! DO IT!!! TRY IT!!!을 가르쳐야 합니다.
멋있잖아요.
그래, 그래, 그래. 너를 믿어. 한 번 해봐!

프로크루스테스의 침대!
이젠 똘레랑스의 침대로 교환할 시기가 되지 않았는지요?

숨겨진 진실 찾기

시끌벅적했던 지방자치 선거가 끝났습니다.
조용히 임명해버리면 그만일 것을.
이렇게 온 나라가 혼란스러워서야….
많은 사람들의 불평을 들어야 했습니다.

친구와 술자리에서 있었던 얘깁니다.
경주로 수학여행 온
일본 고등학생들과 우연히 마주친 적이 있었답니다.
단정한 교복, 질서정연하게
유적지를 관람하는 모습을 보고
참 느낀 바가 많았다고 합니다.
어쩌면 저렇게 질서를 잘 지키는 건지….

며칠 전 아침.
우리 반 학생이 교무실로 저를 찾아왔습니다.
어젯밤 자율학습 시간에 제 허락 없이 집에 갔답니다.
자수하러 온 거지요.
다시는 그러지 마라고 타이르고 꾸중하지 않았습니다.

질서는 아름다운 것인 줄 잘 압니다.
그래서 잘 지켜야 합니다.
하지만 질서도 지나치면
질곡桎梏이 된다는 사실을 노자는 염려했습니다.
우리의 자유로운 사고를 제약함을 걱정한 것입니다.

전 가끔 이런 이야기를 학생들에게 합니다.
"여러분이 오늘날과 같이
두발을 자유롭게 기를 수 있기까지
어떤 일이 있었는지 아는지요?

많은 선배들이 규정을 어겨가며 머리를 몰래 길렀고,
그 때문에 선생님에게 많은 벌과 꾸지람을 받았을 것입니다.
그런 혼란이 조금씩, 조금씩
새로운 질서를 형성해 오늘에 이른 것은 아닌지요?"라고요.
기존의 질서에서 벗어나 새로운 질서를 모색한 것입니다.

질서는 선이고

혼란은 악이라는 고정관념을 버려야겠습니다.
질서에 순응하는 사회는 안정은 있을지 몰라도
발전은 없습니다.

혼란은 새로운 질서를 창조할 수 있는 가능태입니다.
혼란을 통해 역사는 진보합니다.
동학농민전쟁에서, 4·19혁명에서,
우리의 현대사는 고비마다 혼란했고
어김없이 변화된 새로운 세상을 열었습니다.
그 결과가 이렇게 발전한 조국의 모습일 것입니다.
창의력은 기존의 질서를 파괴하는 것에서 출발합니다.

지식의 지배에서 레스터C 서로우는 말합니다.
미국은 창의성을 발휘하기 위한 혼란은 충분하고도 남지만,
그 아이디어를 가장 효율적으로 이용하기 위한
질서는 지나치게 모자란다.
일본은 효율성을 위한 질서는 풍부하나
창의성을 발휘할 수 있는 혼란이 너무 적다.

만약 이 양국이 서로 상대방의 방향으로
조금씩만 이동한다면 큰 이득을 얻을 수 있을 것이다.
즉, 질서와 혼란의 균형이 요구된다고 했습니다.

창의성이냐? 효용성이냐?
선택의 문제겠지만 우리 형편은 어떤지요?

갈 길은 먼데 날이 저문다

수능고사를 치른 지 벌써 보름이 지나갑니다.
어떻게들 시간을 보내고 있는지요?

이제사 출발선을 떠났는데.
마치 골인 지점을 지난 것과 같이 살고 있지는 않은지요?
여러분의 경쟁자는 아직도 레이스에 열중인데도 말입니다.

꿈은 이루고 싶다면서도
아무도 그 꿈을 이룰 노력은 하지 않는 것 같아 안타깝습니다.

여러분들의 꿈은 무엇입니까?
부자, 잘 사는 거.
그거 좋지요.

돈 많이 벌어
부자 되는 방법에 관해서 이야기하겠습니다.

그건

.세상을 어떻게 살아가야 하는가 하는
나름의 삶의 자세를 갖는 것입니다.

이제 낡은 가치는 스러지고
새로운 가치가 떠오르는 대변혁의 시대입니다.
변화가 곧 기회입니다.
상황에 내가 휩쓸려가는 것이 아니라
내가 상황을 주도해 가는 인물이 되어야 합니다.
의미 있는 인생은 하루아침에 만들어지지 않습니다.

'자신이 해야 할 일을 남보다 먼저 아는 것이
평범함에서 비범함으로 가는 지름길' 이라 한
피터 드러커의 말처럼
내가 진정으로 원하는 일은 무엇이고
내가 잘할 수 있는 것은 무엇인지
깊이 생각을 해서 찾아내야만 합니다.
그래서 찾아낸 그 일에 미치고, 미치고 또 미쳐야 합니다.

부자가 됩니다.
꿈은 이루어집니다.
그 꿈을 찾으십시오.

마치 아무 일도 없는 것처럼

어제는 운동화를 새로 샀습니다.

새벽 걷기를 시작한 지가 벌써 5년 정도.

10켤레 정도의 운동화를 떨어뜨렸으니

돈으로 환산하면 100만 원은 족히 될 것 같군요.

새 운동화를 신고 새벽에 두류공원을 지났습니다.

어제 비가 온 탓인지 운동 나온 사람들이 거의 없었습니다.

삽상하다고 할까요. 상쾌한 바람이 불어 와 온몸을 감쌌습니다.

모두가 잠든 어두컴컴한 잔디밭을 혼자서 거닐 수 있는 행운도

자주 경험할 수 없는 새벽 운동의 덤입니다.

모두가 잠든 고요한 이 새벽에

아무도 없는 어둠 속의 공원길을 홀로 거니는 그 기분.

경험하지 못한 사람은 아마 모를 겁니다.

얼마 전 엘빈 토플러의 《부의 미래》를 읽었습니다.

《제3의 물결》 속편 격이라 할 수 있겠네요.

작가는 지식 정보화 시대의 가장 중요한 특징 중의 하나인

변화 속도를 비유적으로 참 재미있게 표현하고 있습니다.

100마일로 질주하는 단체는 기업이나 사업체,

90마일로 달리는 단체는 시민단체 즉 NGO,

30마일로 달리는 단체는 노동조합,

25마일로 달리는 단체는 정부관료 조직,

10마일로 달리는 단체는 학교,

3마일로 달리는 단체는 정치조직,

1마일로 가장 느리게 변하는 것이 법이라고 합니다.

작가는 특히 노동조합의 미래도 그렇게 밝게 보지는 않고 있었
습니다.

"1955년에 전체 노동력의 약 33%를 대변했지만

오늘날에는 12%의 노동자를 대변하고 있을 뿐이라 합니다.

다양성의 시대,

다양한 요구에

빠르게 부응하지 못한 결과라는군요.

취업이라는 것도 10마일로 달리는 자동차에서

100마일의 자동차로 옮겨 타는 것인데

그것이 과연 쉬운 일이겠는가?" 하고 묻고 있습니다.
참 재미있는 비유가 아닌지요?

미국 사회를 이야기하고 있으나
우리나라도 별반 다르지 않겠지요.
우리 사회와 규정들.
속도 측정을 한 번 해 보시지요?

개인이든 집단이든 의식의 전환이 필요하다 생각합니다.
지시에 의한 움직임은 노예의 길일뿐입니다.
자발적 노력과 협력 없이는 어떤 자유도, 풍요도, 만족도 없습니다.
노예의 길을 걷느냐, 만족의 길을 가느냐는
모두 자신의 의식이 결정을 하는 것이지요.

변화의 속도, 의식의 전환.
빠르면 빠를수록 좋은 거지요.

마치 아무 일도 없는 것처럼.

미친 짓 또 할 겁니다

어제는 야간자습 지도를 했습니다.

제가 학교에서 마지막에 나왔으니 밤 10:15분쯤.

차를 타고 갈까 망설이다가 걸었습니다.

두류공원에 도착한 시간은 밤 10:45분쯤.

깜짝 놀랐습니다.

웬 사람들이 그렇게 많은지.

산책로 길이가 약 4Km 정도인데 운동하는 사람으로 덮였습니다.

인라인 스케이트 동호인들, 마라톤 동호인들, 조깅하는 사람들….

모두 20, 30대의 젊은이들이었습니다.

웰빙시대!

참 실감납니다.

집에 도착하니 11:25분. 잠자리에 12시가 넘어 들었습니다.

다시 새벽 04:50분에 기상. 학교로 1시간 넘게 걸어 출근했습니다.

예. 미친 짓했습니다.

미국의 백만장자 클럽 얘기를 할까 합니다.
클럽회원들은 모두 회사의 CEO들.
그들은 자녀 교육에 특별한 방법을 취했습니다.

자식들이 초등학교 5학년이 되면
2가지는 반드시 실천하도록 했습니다.

첫째는 새벽 5시에 일어나야 한다는 것.
둘째는 용돈의 씀씀이 중
친구나 이웃을 위해 20%를 반드시 지출할 것입니다.

새벽에 일어나는 습관을 길러주는 이유는
장차 이들이 성장하여 CEO가 될 것이고
그때 반드시 필요한 것이
남보다 더 일할 수 있는 체력이 필요하다고 생각하기 때문입니다.
씀씀이의 항목을 확인하는 이유는
이들이 지도자가 될 것이고,

그때 사회를 위해 봉사할 수 있는 인간으로 키우기 위한 것이
랍니다.

참 그럴 듯한 얘기라 생각했습니다.

제 생각은 이렇습니다.

우리 교육은 너무 평등만을 강조하는 것은 아닌지?

우린 너무 편한 교육을 받고 있는 것은 아닌지?

우린 너무 나만을 위한 교육을 하고 있는 것은 아닌지?

이렇게 해서 국제경쟁력을 갖출 수는 있는지요?

정말로, 정말로

변화하는 세상을 읽는 힘이 필요합니다.

데미안의 한 구절로 끝맺을까 합니다.

새는 알을 깨고 나온다.

알은 세계다.

새로 태어나려는 자는 한 세계를 파괴하지 않으면 안 된다.

(문제 1)

다음의 연구 결과를 해석하시오.

(연구 결과)

하버드 의대 부속병원의 연구 사례입니다.

외부 연구자가 병원 내 간호사들의 약품 취급 실태를 조사해 보니,

리더가 신사적인 간호실이

리더가 혹독한 간호실보다 열 배나 실수가 많았습니다.

(해석 I)

역시 리더는 엄격해야 해! 잘못한 사람들은 단호하게 잘라버려.

조직이 발전하려면 철저한 신상필벌이 필요한 것이야.

땡.

(해석 II)

역시 리더는 조직원의 모든 것에 관심을 갖고 감동을 줄 수 있는

마음이 따뜻한 사람이어야 해.

딩동댕.

(정답 해설)
통계의 이면에 숨겨진 진실은 정반대였습니다.
분위기 좋은 간호실 직원은 이런 일이 또 생길까봐
솔직하게 실수를 보고했습니다.
반면에 분위기 험한 간호실 직원은 목이 달아날까봐
실수를 덮었던 겁니다. (《또라이 제로 조직》 중에서)

(문제2)
이 문제를 낸 이유는 무엇일까요?

저요! 저요!

(정답)
……

자기 계발을 위한 변화

설이 지났습니다.
즐거우셨는지?
아니면 힘드셨는지?
질문 같잖은 질문이지요.
이쯤 되면 명절을 만든 인간의 이성도
때로는 믿을 수 없다는 생각이 듭니다.

몇 해 전 부부모임에서 있었던 일입니다.
조선생은 어떤 재미로 학교생활을 하십니까?
상대편 강교수가 제게 물었습니다.
후학을 기르는 재미로 산다고 의례적인 답변을 했습니다.

상대가 싱긋이 웃으며 말했습니다.
요즘 제자다운 제자가 있습니까?
제 답변이 궁했습니다.

그분이 말씀했습니다.
이젠 세상이 변했습니다.

스스로 변해야 합니다.
제자가 없다고 한탄할 것이 아니라
존경받을 수 있도록 엄청난 자기 계발이 필요하다고 했습니다.
참 부끄러웠던 기억이었습니다.

이제 다 바뀌었습니다.
학년이 바뀌고,
담임선생님이 바뀌고,
방과 후 수업의 과목 선택 방법이 바뀌고,
대학입시 방법도 바뀌었습니다.

변한다는 것은
때로는 우리에게 엄청난 스트레스를 가져다주기도 합니다.
하지만 변화를
스스로 주도할 때는 희망이 된다는 사실도 알아야 할 것입니다.
수동적인 독서는 고통으로 다가오지만,
자기 주도적인 독서는
우리에게 즐거움과 지식을 가져다주는 것과 같은 이치인 셈이지요.

변화에 능동적이고 적극적이어야 합니다.
그러기 위해서는
항상 열려있어야 합니다.
보는 눈도 열려있고,
생각도 열려있어야 합니다.
그래야 스트레스가 아니라 희망이 되는 것입니다.

모두에게 희망의 새 학기가 되시길….

이 봄에도 가슴 아픈 사람을 위하여

장자莊子에 나오는 '목계木鷄' 이야기가 생각납니다.

닭싸움을 좋아했던 제나라 왕을 위해
기성자가 싸움닭을 훈련시키고 있었습니다.

열흘쯤 돼서 왕이 불러 물었습니다.
"닭이 다 됐느냐?"
"아직 멀었습니다. 위세를 부리고 힘에만 의존하려듭니다."

열흘 뒤 다시 불러 물었습니다.
"아직 덜 되었습니다.
소리가 나거나 그늘이 들면 그와 싸우려듭니다."

그 후 열흘이 지나 물었습니다.
"상대를 보면 노려보고 기세를 꺾지 못합니다."

다시 열흘이 지난 뒤 비로소
"이제 됐습니다.

다른 닭이 울어도 아무런 반응이 없고
마치 나무로 깎아놓은 닭과 같습니다.
덕德이 갖춰져 다른 닭들이 대들기는커녕
등지고 도망쳐버립니다"라고 답했습니다.

살면서 시련의 과정을 겪지 않는다면 얼마나 좋겠습니까마는
결코 그런 행운을 갖고 태어난 사람은 없을 것입니다.

시련은 인간을 완전하게 만드는 힘이 있다고 합니다.
하지만 시련의 과정에서
인간은 많은 것에 대해 원망을 하게 됩니다.

세상을 원망하고,
주변을 원망하고,
친구를 원망하고,
궁극에는 자신마저도 원망하게 됩니다.

우린 목계가 되어야 합니다.

나무로 깎아 놓은 닭과 같아야 합니다.

모든 원망도 내려놓아야 합니다.

좋고 싫은 분별심도 내려놓아야 합니다.

오직 자신의 계발에 최선을 다하여

일신 우일신 日新 又日新할 때

모든 시련은 물러가는 것 아닐까요?

세상은 요지경

얼마 전 신문에
수능 성적과 보수와의 상관관계를 연구한 결과가 발표되어
세상의 관심을 끈 적이 있습니다.
수능성적이 상위 20%인 학생은 190만 원,
50%는 180만 원,
80%는 140만 원 정도의 초임을 받는다는군요.

보수는 성적순이네요.
참 세상 살맛나지 않게 만드는군요.

하지만 부자학富者學에서는 달리 말하고 있습니다.
큰 부자는 공부 못하는 사람이 된답니다.
공부를 못하여 오라는 곳이 없어 취업하지 못한 사람들.
결국은 자영업을 선택하여 크게 성공하는 경우가 많다고 합
니다.

부자학의 결론은 이렇습니다.
정말 부자가 되고 싶으면 대학에 가지 마라.

그러나 그 길은 험하고도 험하다.
설령 그 꿈을 이룬다고 해도
인간에게는 돈 이외에 필요한 또 다른 뭔가가 있다.
이 모든 것은 본인 선택의 문제다.

그래서 세상은 요지경.
공부 잘하는 놈도, 못하는 놈도
한번쯤 꿈을 갖고 살만한 곳이네요.

수술의 상처가 거의 아물었습니다.
지난 목요일부터 다시 걷기를 시작했습니다.
쌀쌀한 날씨 탓에 운동복을 새로 샀습니다.
무심히 운동복 왼쪽 팔뚝에 새겨진 글을 보았습니다.

Life is outside.
왜 삶을 아웃사이드라 했는지?
왜 운동복에 이런 철학적 내용이 새겨졌는지?

제가 읽었던 철학 입문서의 한 구절이 떠올랐습니다.
'세상의 부유함 속에서 살아가는 사람의 영혼은
반드시 부패하게 되어 있다.
고인 물은 썩게 마련이듯이
그들의 안주하는 삶은 그들의 정신을 갉아먹는다.
주류보다는 비주류에 속해야 헝그리 정신을 잃지 않아
그 생명이 오래 갈 수 있다.'

온몸이 찌르르.

감전된 듯 정신이 화들짝 들었습니다.
내가 평생을 갈구한 삶이 기껏 내 영혼을 썩게 하기 위함인가?

Life is outside.
스포츠맨에게는 기막히게 어울리는 글이라 생각했습니다.
현재에 안주하지 말라. 그건 스포츠맨에겐 무덤이다.
새로운 기록을 위해서
끊임없이 노력하고 도전하는 정신으로 살아가라는 메시지인
셈이지요.

어쩌면 이 경구는 스포츠맨에게만이 아니라
우리 모두에게 필요한 것이라 생각했습니다.
안락함, 쾌락, 호사스러움에만 안주하려하지는 않았는지?
저의 1차원적 삶에 대해 성찰했습니다.

이젠 익숙한 것과의 결별이 필요한 때라 생각합니다.
주변의 거저 관습적으로 행해오던 그 모든 것으로부터.

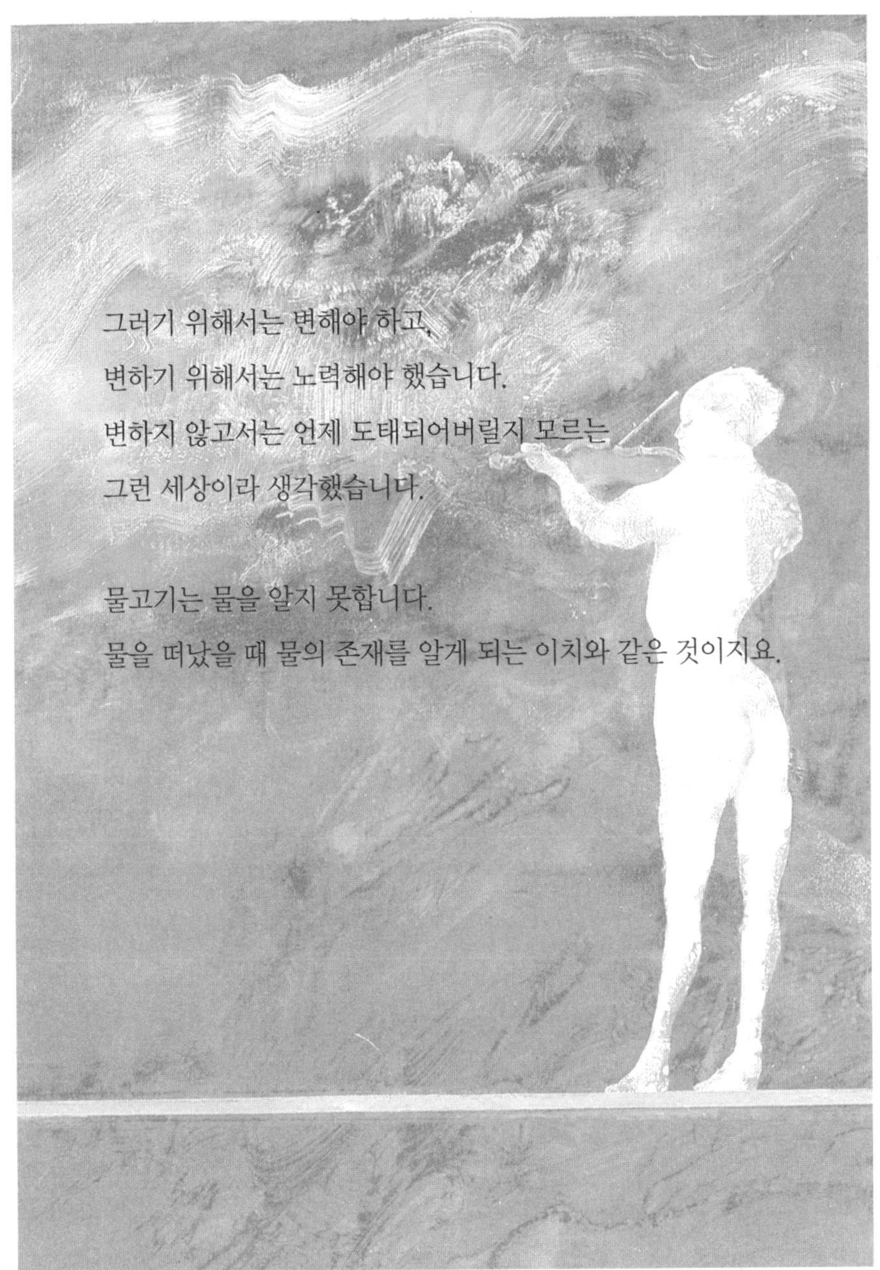

그러기 위해서는 변해야 하고,
변하기 위해서는 노력해야 했습니다.
변하지 않고서는 언제 도태되어버릴지 모르는
그런 세상이라 생각했습니다.

물고기는 물을 알지 못합니다.
물을 떠났을 때 물의 존재를 알게 되는 이치와 같은 것이지요.

한 번 해보시지요

저를 만나는 사람들은 인사가 '오늘도 걸었느냐' 는 물음입니다.

오늘도 새벽 5시에 일어나 걸었습니다.

겨울과 달라 요즘은 일찍 날이 밝습니다.

공원길 옆의 이름 모르는 온갖 꽃들이

화들짝 웃는 모습을 보여주기 위함인가 봅니다.

십 수 년을 해온 일이건만 새벽에 일어나기는 여전히 힘이 듭니다.

오늘은 바람이 심하게 분다는데?

오늘은 비가 온다 했는데?

오늘은 황사가 심하다는데?

누워서 온갖 핑계거리를 찾습니다.

이런 날은 새벽 걷기운동은 '꽝' 이 되고 맙니다.

자명종 소리에 조금의 망설임도 없이 거침없이 일어나야 합니다.

이렇게 힘들어하면서도 새벽 걷기를 고집하는 이유가 있습니다.

　제가 승용차로 출근을 하려면 아침 6시에 일어나 준비를 해야
합니다.
　걸어서 출근하는 것과 불과 1시간 차이밖에 나지 않습니다.

　하루 1시간의 잠을 줄이면 얻을 수 있는 것이 아주 많습니다.
　먼저 1시간 걷기 운동을 할 수 있습니다.
　집에서 학교 부근 사우나까지 1시간 남짓 걸립니다.
　그냥 걷지만 않습니다.
　걸으면서 많은 생각을 하게 됩니다.
　새로운 하루의 각오라든가, 일어나면서 떠오른 처음의 생각,
　지난밤에 읽었던 책의 내용,
　이렇게 생활할 수 있는 것에 대한 감사하는 마음 등.
　떠오르는 대로 상념에 잠겨보는 겁니다. 여유롭게 걸으면서 말
이죠.
　그야말로 장자가 말한 소요유逍遙遊를 즐기는 것이죠.
　요즘같이 좋은 봄날에는 싱그러운 주변 경치를 보는 건 순전히
덤입니다.
　이것만이 아닙니다.

사우나에 들러 뜨거운 물속에 깊숙이 몸을 담그는 것.

저는 이것을 3,000원을 주고 사는 하루의 행복이라 생각합
니다.

잠시 안락의자에 누워 조간신문을 보고는 학교로 출근합니다.

준비해 간 음식으로 간단히 아침 식사를 마치고

그날의 수업을 준비하는 것으로 저의 아침 장정은 끝이 납니다.

1시간의 투자로 어찌 이 여유로움을 얻을 수가 있겠습니까?

건강을 위한 운동, 명상, 사우나, 신문 보기, 덤으로 경치 감상
까지.

힘든 새벽 5시 기상의 습관을 버리지 못하는 이유가 여기에 있
습니다.

좋은 절기입니다.

한 번 해보시지요?

생각한 대로 되도록

동해안은 해맞이를 위한 차량 행렬로 뒤덮였다고 합니다.
어쩌면 이 한해가 힘들었다는 역설적 증거가 아닌가 합니다.
내일은 또 다른 내일의 해가 떠오르기를 간절히 바라는 마음이
겠지요.

이 해의 마지막 밤입니다.
한 살을 더 먹는다는 것은
인생의 나이테가 하나 더 생겨
삶이 한층 더 성숙되는 것이라 생각합니다.
그런 만큼 더 가볍고 더 단순하게 살 줄도 알아야 할 텐데
그렇지가 못합니다.
아직도 마음 깊숙한 곳에 복잡하게 깔려있는
막무가내 집착 때문에 제 자신이 자유롭지 못합니다.

새해에는 이 집착을 털어내고,
얽매임에서 벗어나 자유롭게 살고 싶습니다.

나를 버리고 상대를 이해하려합니다.

비판적 시각에서 벗어나
긍정적 관점을 가지려합니다.
남의 단점보다 장점만을 보려합니다.
상대의 실수를 너그럽게 받아들이려합니다.
가끔은 실수하며 살려합니다.
그래서 남을 즐겁게도 하려합니다.
내가 모자란다는 사실을 인정하려합니다.
그래서 저 아래로 임하는 자세로 살아
적어도 아큐(阿Q)같은 인간이 되지 않으려합니다.

새해에는
생각한 대로의 내가 되도록 노력하려합니다.

5%로는 불가능해도 50%로는 가능하다는 이야기가 있습니다.
생각의 개량만으로 얻을 수 있는 것은 아무것도 없다.
그것은 혁신할 때만 가능하다는 뜻입니다.
사고의 틀을 완전히 바꾸라는 얘기지요.
새해에는 더 변해야겠다는 생각입니다.

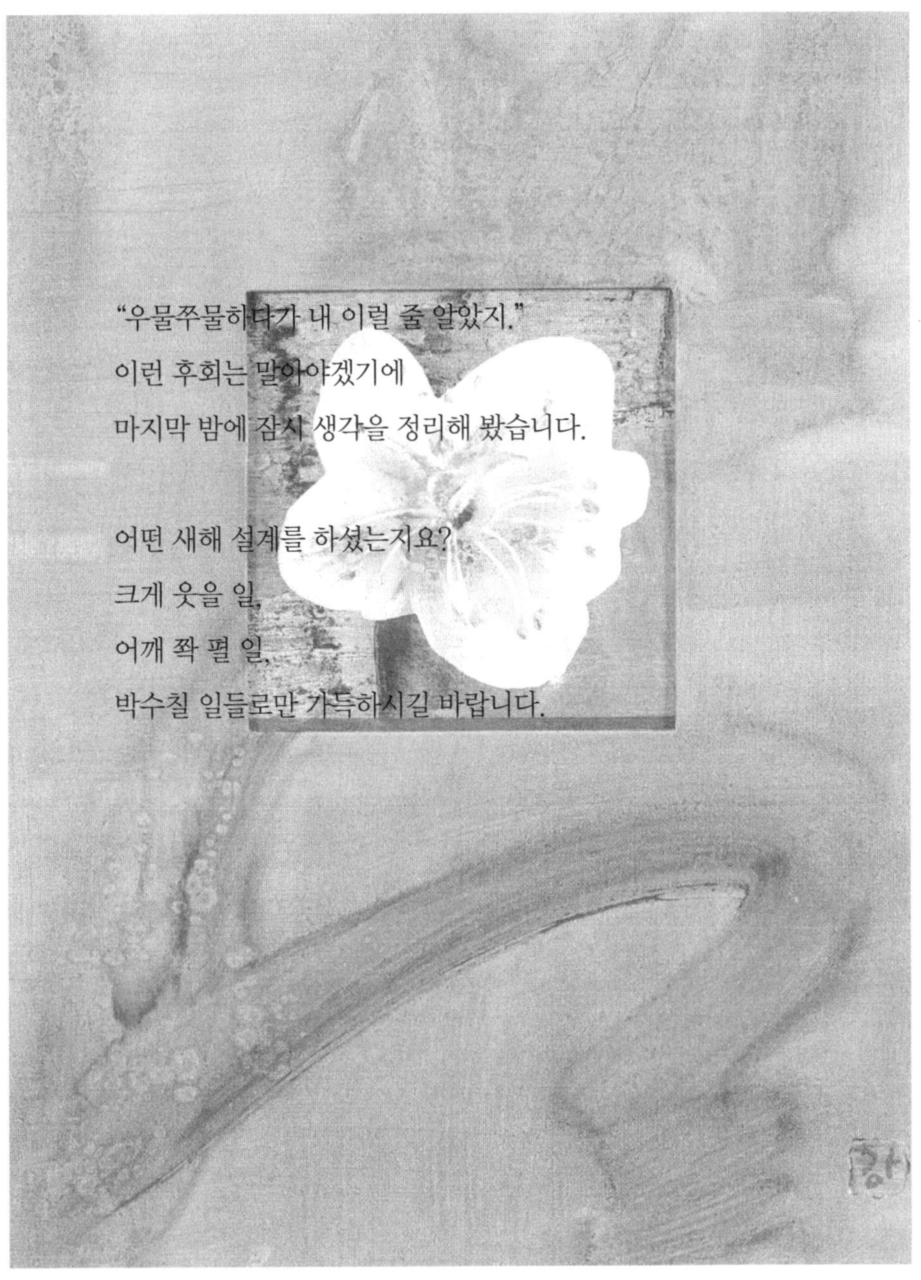
"우물쭈물하다가 내 이럴 줄 알았지."
이런 후회는 말아야겠기에
마지막 밤에 잠시 생각을 정리해 봤습니다.

어떤 새해 설계를 하셨는지요?
크게 웃을 일,
어깨 쫙 펼 일,
박수칠 일들로만 가득하시길 바랍니다.

3부 · 지팔 지 흔들기

지팔 지 흔들기

개교기념일이 낀 황금연휴.

많은 망설임 끝에 설악산을 다녀왔습니다.

제집 가훈이 '지팔 지 흔들기' 입니다.

때문에 자기가 할 일은 스스로 잘 알아서 해야 합니다.

여행도 가족이 함께 하기보다는 제각각 떠난 기억이 더 많습
니다.

모두 바쁘게 살다보니 자연스레 형성된 습관인가 봅니다.

하지만 요번에는 좀 달랐습니다.

모처럼 아내와 떠났으니까요.

도착해서 바로 비룡폭포에 갔습니다.

10여 년 전 학생들과 수학여행 온 기억이 어렴풋이 떠올랐습
니다.

지나는 주변의 지짐과 동동주집은 예나 지금이나 변함이 없
고….

폭포 주변에서 잠시 휴식을 취했습니다.

근데 신기하게도 그 주변에는 웬 다람쥐가 그렇게 많은지.

더구나 설악산 다람쥐는 사람을 겁내지 않았습니다.

다람쥐는 사람들 가까이에서 맴돌며,

사람들이 던져주는 과자와 과일에 길들여져 있었습니다.

사람들은 신기해하며 저마다 음식물을 던져 주더군요.

불현듯,

빼어난 경치 때문에 관광지로 유명한

영국 어느 해변의 이야기가 오버랩되었습니다.

그 해변에는 추운 겨울만 되면,

수많은 바다갈매기가 죽어 널브러져 있다는 겁니다.

관광객이 던져주는 달콤한 과자 때문이었습니다.

추운 겨울이 되자 관광객의 발길은 끊기고

이미 야성을 상실한 갈매기는 굶어 죽을 수밖에 없었단 거지요.

산을 내려오면서 이 이야기를 아내에게 해주었습니다.

우리 인간도 마찬가지라 생각합니다.

누구에게 기댈 수 있다는 것.
현재의 달콤함을 탐하는 것.
당장은 참 좋은 듯하지만 실상은 그렇지가 않지요.
저 역시 뼈저린 경험을 했으니까요.

어둑어둑한 시간.
노천 핑크빛 연인탕에서 아내와 온천욕을 즐겼습니다.
그리고 약속했습니다.

우린 끝까지 야성을 잃지 않고 살아가기로.
그리고 가훈을 바꾸기로.

아버지처럼 살지 않을 겁니다

옛말 하나도 그른 것 없다더니 정말 절감합니다. 미운 놈 떡 하나 더 주고, 예쁜 놈 매 한 대 더 때린다는 말. 참 명언입니다.

아들놈이 집 가까이서 군 복무하는데 고참들의 등쌀에 힘들어하는 기색이 역력합니다. 이유야 어떻든 아비 된 마음에 그 고참 놈이 참 밉습니다. 하지만 세상 어디에 그 정도 고통이 없겠습니까? 또 피할 수 없는 일이라면 이겨내야지요. 어리석은 녀석.

어릴 적부터 부모나 어느 누구에게도 싫은 소리 듣지 않고 자랐으니 고참들의 성화, 당연히 못 견딜 겁니다. 요즘 아이들 사소한 꾸중에도 못 견뎌하니 참 걱정입니다. 자식 제대로 키우려면 듣기 싫은 소리도 하고, 자기 잘못을 인정하고 꾸중을 받아들이는 훈련도 정말 필요합니다. 아무리 칭찬은 고래도 춤추게 한다지만, 칭찬에 익숙해지면 꾸중하는 소리에는 괴로워 견디질 못합니다. 세상 직장 어디에 칭찬만 하는 곳이 있겠습니까? 자식 좀 강하게 키워야겠습니다. 꾸중 많이 해야겠습니다.

저 역시 자식 교육 때문에 머리 아파한 적이 몇 번 있었답니다.

그때마다 전 아들에게 편지로 제 마음을 전했습니다. 두고두고 생각하기에는 아무래도 말보다 글이 나을 것 같아서요.

입대하는 아이 손에 쥐어 보낸 편지입니다.

아들아!
‘똑같이 집을 나서지만 멍청한 사람은 방황을 하고,
현명한 사람은 여행을 한다’ 고 했다.
2년간의 군 생활이 의미 있는 여행이 되었으면 한다.
군 생활 속에서 많은, 다양한 인생 체험을 하게 될 것이다.
그것이 두고두고 내 인생의 가장 큰 자산이 될 것이다.
돈을 주고도 할 수 없는 흥미로운 일들을 겪게 될 것이다.
잘 기록해 뒀다가 네 삶의 소중한 밑천으로 삼거라.
매사는 네가 어떻게 받아들이느냐에 따라 달리 보이게 마련
이다.
의경생활을 험난한 영화판의 감독 수습 기간으로 생각하고 의
미 있게 보내거라.

소설가 한수산 씨를 잘 알고 있지?

이 작가는 《부초》라는 소설을 쓰기 위해서

'동춘 곡마단'과 2년 가까이 함께 먹고 자며 생활을 했다는 구나.

객지를 떠돌며 죽을 고생을 하면서.

소설 1편을 쓰는데도 고생이 이 정도라니. 영화는 오죽하겠나.

앞으로 닥칠 것에 대한 막연한 두려움은 과감히 떨쳐버려라.

스스로에게 자신감을 불어넣어라.

어떤 난관도 뚫고 나갈 수 있다는 강한 신념과 배짱을 가져라.

앞으로 네가 사회에 진출하여 가고자 하는 그 길은

지금 생활의 10배, 100배는 더 험하고 어려울 것이다.

먼 후일 네가 성공한 후 돌이켜 보면

지금의 생활이 얼마나 행복했던 시절인지 느끼게 될 것이다.

이제부터 시작이다.

지금부터는 상하가 엄연히 존재하는 생활이 시작된다.

명령과 복종만이 존재하는 세계다.

그러나 거기도 사람이 사는 세상. 세월이 흐르면 다 해결될 문제들이다.

아무쪼록 현명한 아들이니 잘 헤쳐나가리라 믿는다.

심신 건강하고 유익한 여행길이 되길 기대해 본다.

이렇게 시작된 아들의 군 생활 2년도 무사히 잘 끝냈습니다. 하지만 그것으로 끝은 아니죠. 제대 후 복학하기까지 서너 달의 공백 기간이 있었습니다. 전 그 기간을 다시 시작할 대학 생활의 준비로 잘 활용하길 바랐습니다. 하지만 그건 제 바람으로 끝날 뿐, 자식의 나태한 생활은 끝날 줄 몰랐습니다. 늦은 귀가, 계속되는 컴퓨터 게임, 만화…. 군에서 고생 많이 했으니까…. 이해하려 여러 날 무진 애를 쓰다가 그만 저녁식사 중에 꾸중을 하고 말았습니다. 급기야 어린 시절까지 들먹이며 아들놈은 눈물까지 흘리고 말았습니다. 제 엄마의 중재로 사태는 봉합이 되었습니다만 며칠 후 전 또 한 통의 편지를 썼습니다.

사랑하는 아들아!

무슨 얘기로 시작을 해야 할 지 망설여지는구나.

얼굴을 맞대고 나눌 얘기를 이렇게 글로 써야 하는구나.
며칠 전 네가 눈물을 흘리며 한 말을 기억하고 있다.
나 역시 반성할 부분이 있겠지.
하지만 오늘은 내가 하고픈 얘기만 하도록 하자.

그날의 얘기는 너의 컴퓨터게임 문제 때문이었는데
어째서 부모와의 대화 부족 문제로 비약이 되었는지?
대화의 부족과 게임하는 것과는 무슨 상관관계가 있다는 건지?
대화가 부족해서 게임을 했다는 건지?

아비가 꾸중하는 말을 두고서
마치 보약이 좋다고 노상 보약을 먹이는 것과 같다고 했는데
그 비유는 타당한지?

아들아!
정말로 내가 너에게 말들이 많았는가?
내 기억으로는 늘 잔소리를 조심하려했다.
한 번 생각을 더듬어 보자.

지금껏 살면서 얼굴을 붉히며 언쟁을 한 적이 있었는가?

있었다면 한 손가락으로 꼽을 수 있을 것이다.

이 세상 어느 부모가 자식을 키우면서 그 정도의 의견 충돌이 없을까?

대학 입학하여 바빴고, 어학연수 가고 없었고, 대학생활은 서울로 가고….

언제 잔소리할 시간이나 있었는가?

대화란 상대가 있는 것 아닌가?

그래, 아버지가 변하기를 바라면서 너는 어찌 변하면 안 되는지?

우린 늘 상대가 변하기를 바라면서도

자기도 변해야 한다는 사실을 잘 모른다.

내가 보약을 먹인다고 했는데 난 보약을 먹인 것이 아니다.

네가 독약을 먹고 있기 때문에 치명적인 상태까지 가지 않도록 미리 주의를 준 것 뿐이다.

세상에는 때를 놓치면 돌이킬 수 없는 일들이 많기 때문이다.

사랑하는 아들아!

지난 것 다 떠나서 한 가지만 부탁하자.

이 세상에서 잘못된 것을 남의 탓으로 돌리는 놈만큼 어리석은 놈은 없다.

특히 부모를 탓하는 놈은 더더욱 어리석은 놈이다.

왜 그런 줄 아느냐?

그건 부모가 하는 어떤 말 속에도 자식에 대한 사랑이 담겨있기 때문이다.

그 말을 받아들이지 못한다는 것은

사랑을 받아들일 마음이 없기 때문이다.

어릴 적 아버지의 차만 보면 무서워 도망갔다고 했는데

난 너무 가슴이 아팠다. 그건 철없던 그때로 그쳐야 한다.

이젠 너도 어엿한 성인이다.

아버지는 삶의 굵은 고비를 다 지내고,

인생을 아름답게 마무리할 수 있도록 준비할 나이가 되었다.

너의 엄마도 마찬가지고.

너도 가족에 대한 사랑의 마음을 갖도록 해라.
부모님의 흰 머리칼은 얼마나 늘었는지, 건강은 어떤지,
하는 일은 어려움이 없는지?
이젠 네가 가족을 보살펴야 할 나이가 아니냐.

오늘 내가 한 이 말들도 결국 네가 선택할 일들이다.
나는 결코 내 생각을 강요하진 않겠다.
당부의 말로 마무리 짓겠다.
아무쪼록 앞날에 너의 건투를 빈다.
꼭 성공하여 승자의 삶을 살아가거라.

 편지 덕분인지 서먹했던 분위기가 서로 이해하는 방향으로 흘렀습니다. 아들의 생활도 몰라보게 달라졌습니다. 내친 김에 좀 더 혹독한 훈련을 하기로 했습니다. 스키장에서 아르바이트를 하기로 했습니다. 마음속으로 쾌재를 불렀지만, 체감 온도가 영하 20도를 오르내린다니 걱정 반 기대 반으로 또 편지를 써야만 했습니다.

사랑하는 아들아!

내일이면 추운 곳으로, 낯선 일을 하러가는구나.

한편으론 걱정이 되고, 또 한편으론 다행이란 생각이 든다.

인간에게 중요한 것 중 하나가

체험을 많이 하는 것이기도 하지만,

추운 곳에서 고생이나 하지 않을까 하는 걱정 때문이란다,

아무쪼록 너에게 의미 있는 시간이 되기를 바라며

몇 가지 당부의 말을 전한다.

첫째,

절대로 돈 때문에 일을 한다고 생각하지 말거라.

보수를 떠나 새로운 체험을 한다고 생각해라.

돈을 주고도 할 수 없는 경험이 될 지도 모른다.

즐거운 마음으로 일하거라.

둘째,

익숙한 것과 결별해 보는 거다.

그곳 생활은 늘 보고 듣던 세계와는 다를 것이다.

공부만 하다 일터로 자리를 옮긴 거다.

생각과 행동, 삶의 가치관도 다 다를 것이다.

나와 다른 모든 것들도 이해하고 수용할 수 있는 포용력을 길러라.

그래서 대범한 인물이 될 수 있도록 애쓰거라.

셋째,

안전사고에 유념해야 한다.

눈이 많은 곳이라 늘 위험이 도사리고 있다.

스키장에서의 안전도 조심해야겠지만 쉬는 날의 외출도 조심해야 한다.

동료 사이에서 인간관계를 돈독히 하는 연습을 하거라.

사람과의 인연을 소중히 해라.

왜냐하면 미래의 가장 큰 재산은 휴먼 네트워크이기 때문이다.

넷째,

좋은 경험을 하게 해 주신 분에게 정중히 고마움을 표시하거라.

말 한마디로 천 냥 빚을 갚는다.

고맙다는 한마디 말은 다른 어떤 것보다 가슴에 와 닿는 법이다.

앞으로도 늘 고맙다는 인사는 할 줄 알아야 한다.

아들아!
2달 후에는 좀 더 성숙하고 건강한 모습으로 보기를 기대한다.
각별히 건강을 조심하거라.

2달을 기약하고 떠난 생활은 1달로 끝났습니다. 아르바이트보다 더 소중한 영화 공부를 하기 위해 그만 둔다는 겁니다. 그러곤 나이키 운동화를 부부커플로 사 보내고 서울로 가버렸습니다. 이제는 아들 얼굴을 일 년에 몇 번도 보지 못하는 처지가 되었습니다만, 아들이 사준 나이키 운동화와 씩씩한 전화 목소리는 제 가슴에 고스란히 남았습니다.

아버지!
저는 아버지처럼 살지 않을 겁니다.
(아들은 뒤늦게 대학에서 영화를 공부하고 있다)

다시 태어나도

며칠 전 영화 〈왕의 남자〉를
낄낄대며 재미있게 보았습니다.

마지막 장면. 장생과 공길.
죽음을 눈앞에 두고서 마지막 줄타기를 합니다.
다시 태어나도 두 사람은 광대가 되겠답니다.
줄 위로 높이 뛰어 오른 두 사람.
그리고 정지된 화면으로 영화는 끝이 납니다.

돌아오는 차 안에서 많은 생각을 했습니다.
왜 그들은 그토록 냉대 받는 광대로 다시 태어나길 소원했을까?

인간은 자기가 좋아하는 사람과 함께,
하고 싶은 일을 하며 살 수만 있다면
비록 천한 광대라 할지라도
그것이 존재 이유요, 행복이란 메시지를
영화는 강렬하게 전하고 있었습니다.

참으로 어리석은 존재가 인간이라 생각했습니다.

아무 것도 아닌 것에 연연하며,

아무 것도 아닌 것에 모든 것을 던지며,

아무 것도 아닌 것에 일희일비하며 살다가

그러다 죽는 순간에 후회하며 눈물 흘리는 것.

이것이 우리네 어리석은 삶이지요.

새해에는

조금 더 대범해지자.

조금 더 생각하면서 살자.

조금 더 가치 있게 살자는 생각을 했습니다.

후회하지 않도록.

다시 태어나도 선생으로 살 건가?

글쎄올시다.

민족의 명절 추석이 지나 갑니다.

분주했던 꿈같은 일들은 뒤로 하고

또 팍팍한 삶의 현장으로 달려가야 할 시간입니다.

잘 살든 못 살든,

뿔뿔이 흩어져 살던 피붙이들이 한자리에 모여서

서로 살아온 이야기를 나눌 수 있다는 것이 명절의 가장 큰 의미가 아닐는지요?

있어야 할 자리에 이런저런 사정으로 빠진 사람들은 없었는지요?

전직 대통령의 아들이

불법 정치자금 수수로 구속 기소되는 일이 며칠 전에 있었습니다.

그 장면을 지켜보는 노모의 심정은 어떠했을까요?

아마 그들의 한가위는 명절 같지가 않았을 겁니다.

7년 전에도 비슷한 사건으로 옥고를 치른 사람이

또 법정에 서야 하는 모습을 보면서

참 인생이란 오묘한 것이며,

허망한 것이란 생각을 떨칠 수가 없었습니다.

국회의원에 입후보한 것이 화근이 된 모양입니다.

무언가 조국과 민족을 위해서

아직도 자신이 해야 할 일이 남아 있다고 생각했던 모양이지요.

조용하고 평범한 삶을 선택하기에는

그분의 능력이 너무 뛰어난 것이었는지….

참으로 안타까움과 아쉬움을 금할 수가 없습니다.

리더가 된다는 것이

무척이나 어렵다는 것을 우리는 잘 압니다.

하지만 되기도 어렵지만

더 어려운 것은 그 직을 수행하는 것이라 생각합니다.

우리들은 막연히 더 높은 지위에 오르기를 소망합니다.

하지만 그 지위에 오르기도 어렵지만

지위가 높아질수록

더 많은 책임이 따르고

더 고결한 도덕성을 요구하며
남다른 능력을 갖추어야 한다는 사실을 아는 사람은 많지 않은
가 봅니다.

그래서 많은 사람들은 무엇이 되기를 원하면서도
무엇을 어떻게 할 것인가는 별로 고민하지 않는 것 같습니다.

이 저녁,
조지훈 시인의 '낙화' 한 구절이 불현듯 생각납니다.

꽃이 지기로서니
바람을 탓하랴.

더도 덜도 말고 늘 한가위만 같았으면….

노년에 고독하지 않으려면

우리나라 대문호께서 말씀하셨습니다.
인간관계에서 반드시 유념해야 할 한 가지 규칙이 있다.

반드시

GIVE하라.

GIVE & TAKE해도 된다.

TAKE & GIVE는 안 된다.

TAKE만 하는 것은 더더욱 안 된다.

그러면 노년에 외로움을 각오해야 한다.

명심하려합니다.

당신은….

녀석은 아름다웠다

축제!

어젠 참 즐거운 축제의 날이었습니다.

학생들의 발랄한 모습은 언제 보아도 예쁩니다.

그중에서도 압권은 두 학생의 댄스였습니다.

춤추는 그 모습이 참으로 아름답다고 생각했습니다.

아니 황홀했다는 표현이 맞을 것 같습니다.

마치 물을 만난 물고기 같았습니다.

모두 흘린 땀의 결실임을 전 알고 있습니다.

두 학생이 모두 무용을 전공하고 있음을 압니다.

제가 수업을 들어가는 반 아이거든요.

교실에서의 모습과는 사뭇 달랐습니다.

사람이나 물건이나 다 제 자리가 있는가 봅니다.

제 자리에 있을 때, 빛을 발하고 아름다운가 봅니다.

두 학생의 춤추는 모습을 보며,

자신이 가야 할 길을 알게 되면

평범한 사람도 비범한 사람으로 바뀐다는 말을 떠올렸습니다.

이제 수능고사가 끝났습니다.
선택의 시간만이 남았습니다.

우리 앞에는 늘 두 갈래 길이 있습니다.
안정된 길과 모험의 길이 기다리고 있습니다.
안정된 길은 많은 사람이 선택하는 것이라 수확할 열매가 적습니다.
모험의 길에는 수많은 어려움이 있지만 수확할 열매가 많습니다.

어떤 길을 선택하든 이 두 가지만은 꼭 기억해 주기 바랍니다.

이 길이 진정 내가 가고 싶은 길인가? 고민하십시오.
성공한 사람이 되려하지 말고,
가치 있는 사람이 되기 위해 노력하십시오.

모두가 제 자리를 찾아 찬란한 빛을 발하는
아름다운 존재가 되십시오.

학생회장 선거유세 참관기

선거 기간 내내 과열된 분위기를 염려하기도 했습니다.
하지만 모든 것은 기우에 지나지 않았습니다.

한마디로 그건 유세가 아니라 한바탕 축제였습니다.
후보자나 유권자 모두 즐거운 한마당 놀이였습니다.
어떤 네거티브 전략도 없었습니다.
유세의 참신한 아이디어는 어디에서 나왔는지….
기발함에 감탄이 절로 나왔습니다.
활자세대인 우리는 상상도 못할 유세를
영상세대인 우리 학생들은 거침없이 해내고 있었습니다.
아! 구닥다리 내 모습이여!

특히 제3후보도 끝까지 참가하여 최선을 다하는 모습은,
 경선에 참가하느냐 마느냐를 두고 말 많은 기성 정치판을 연상
하게 하였습니다.
 그들이 오히려 학생들에게 배워야 할 것들이 참 많구나라는 생
각을 했습니다.

참관의 포인트는 역시 후보 중 '빅 투'의 선전善戰이었습니다.
많은 준비와 노력을 기울인 점이 참으로 인상적이었습니다.
때문에 아낌없는 박수와 환호를 받았습니다.
매사에 최선을 다하는 모습은 그래서 아름다운가 봅니다.

하지만 이제 다 지나간 일들입니다.
과거에 대한 집착은 금물입니다.
애초부터 승자도 패자도 없는,
여러분의 일꾼을 뽑는 일이었으니까요.
당선된 학생은 한 번 자축하고 말 일이요,
낙선된 학생은 왜? 하고 스스로를 성찰해 보면 되는 일입니다.
여러분의 목표는 궁극적으로 더 멀고 높은 곳에 있기 때문입니다.

인간은 스스로가 생각하고 행동하는 만큼 성장한다고 합니다.
이렇게 학교 일꾼이 되고자 하는 적극적이고 성숙한 학생이 많다는 것은 우리의 미래가 밝다는 의미겠지요.
이 에너지를 어떻게 모아주느냐?

당선자의 약속이 헛된 약속이 되지 않도록 해주는 것.
이 모든 것이 우리 선생님들의 몫이구나 생각하니
어깨가 무거워 옴을 느낍니다.

낙선한 학생들, 모두 힘내십시오.
친구가 눈물을 닦아 줄 겁니다.
이게 끝이 아니지 않습니까?

오늘은 공자님 말씀으로 마무리 하겠습니다.

가장 위대한 승리는 쓰러지지 않는 것이 아니라,
쓰러질 때마다 다시 일어서는 것이다.

엄마한테 다 일러 줄 거다

지난 주말에는 날씨가 선선해 책읽기에 딱 좋았습니다.
《선생님 당신이 희망입니다》,
《조벽 교수의 명강의 노하우 노와이》,
《나는 대한민국 교사다》를 부지런히 읽었습니다.

요즘 방송국 기자가 대단히 인기가 많은 직업이라는군요.
엄청난 경쟁을 뚫고 합격한 사람 중에는 유난히 강남 출신이
많다네요.
하지만 직장생활이라는 것이 그렇게 만만하지가 않죠.
KBS 기자가 쓴 《선생님 당신이 희망입니다》에 나오는 이야기
하나 옮기겠습니다.

강남 출신 신출내기 기자가 쓴 기사를 보고
고참기자가 여과 없이 면전에 대고 고함을 질렀습니다.
"야 인마! 이게 기사야.
이따위 기사 쓸 거면 집에 가 애나 봐 인마!"
그러곤 고참기자는 정신없이 일에 휩쓸려가고….
꾸중 들은 신출내기 기자는 눈물을 뚝뚝 흘리고….

그 뒷이야기.
참 기가 막힙니다.
의기소침해진 신출내기는 엄마를 찾아가서
더 이상 직장 생활을 하고 싶지 않다면서
대성통곡을 했답니다.

깜짝 놀란 엄마.
모든 것은 이 엄마가 다 해결해 줄 테니
아무 걱정 말고 한숨 푹 자라고 아들을 달랬답니다.
곧바로 방송국에 전화를 해서 고참 기자에게 부탁을 했습니다.
우리 아들은 한 번도 꾸중을 들어보지 않고 자랐으니
잘 달래가면서 가르쳐달라고요.
실제로 있었던 일이라니 참 배꼽 잡을 일이지요.

우리 교육의 모습이 이렇습니다.
나는 없습니다. 자식은 주물러 만듭니다.
오직 엄마가 하라는 대로만 하면 됩니다.
선생님이 시키는 대로만 하면 됩니다.

오로지 정답은 이것 하나밖에는 없는 줄 알고 큽니다.
자신의 삶을 한 번도 스스로 생각하고 선택하지 못합니다.
부모가, 교사가 주무르는 대로 아무 생각 없이 삽니다.

인간의 인지발달 과정 중에서 가장 하위 단계가
정답을 찾는 것이고,
가장 상위 단계가 스스로 선택하고
그 선택의 결과에 대해 대가를 치르는 것이라 합니다.
말하자면 우리 교육은 가장 하위 단계를 끊임없이 연습하는 꼴
이죠.

세상에 답이 하나인 것은 없습니다.
이 이야기를 통해 주체성 있는 사고,
다양하고 깊이 있는 사고가 더없이 중요함을 깨달았습니다.

명대의 사상가 이탁오가 나이 50이 되어
자신의 학문하는 태도를 반성한 말이 생각납니다.

앞의 개가 그림자를 보고 짖으면 따라서 짖었다.
왜 짖느냐고 물으면 꿀 먹은 벙어리처럼 실실 웃을 뿐이었다.

박수치며 헤어질 수 있다

모임 중에 사연 많은 모임이 하나 있습니다.
젊은 날
뜻이 맞아 머리 맞대고 낄낄대며 놀았습니다.
살다보니,
각자의 생각들이 너무나 달라져 있었습니다.
서로를 원망하며 심하게 다투곤 모임을 끝내고 말았습니다.

중년이 되어 그 모임을 다시 시작했습니다.
발단은 친구의 죽음이었습니다.
암으로 안타깝게 죽은 친구의 주검 앞에서
우린 서로의 모든 허물들을 덮을 수 있었습니다.
죽음 앞에서 겸손해진 것이지요.
근 20년이 다 흘러서야 철이 든 셈입니다.

매달 한 번씩 모이면 듣고 배울 것이 참 많습니다.
사고의 스펙트럼이 너무나 다양하기 때문입니다.
진보에서 '꼴통' 보수까지.

밤늦도록 술 마시며 열나게 토론합니다.
하지만 이제는 더 이상 다투지 않습니다.
아무도 자신의 생각을 강요하지 않기 때문입니다.
서로가 다른 사고의 창을 존중할 만큼 성숙해졌습니다.
그래서 다양한 관점에서 현상들을 살피게 합니다.
토론이 무지 즐겁습니다. 박수치며 웃고 헤어집니다.

하나의 생각만 있는 모임.
아무런 충돌이 없는 모임.
매번
생각만 해도 지겹지 않습니까?

오늘.
《지식점프》라는 책을 다시 읽었습니다.
고개를 끄덕인 대목이 있어 소개할까 합니다.

조직이 안주하지 않고 끊임없이 발전하기 위해서는
서로 다른 지식간의 충돌이 필요한 법이다.

이를 창조적 마찰이라 하며
서로 다른 아이디어와 생각을 부딪치게 만들어
고정관념의 벽에서 벗어나게 하는 것이다.

조직 내 창조적 마찰이 얼마나 중요한가를 알기 위해서
마찰이 전혀 없는 평온한 집단을 생각해 보자.
이러한 집단은 매우 유사한 생각을 가진 사람들이 모여 있다.
이렇게 되면 사람들은 사고나 지식 배경의 유사성으로
서로 편안함을 느끼게 된다.
하지만 이들은 쾌적성 증후군에 걸려
아무런 창조적 성과도 낼 수 없게 된다.
집단적 고정관념에 빠지기 때문이다.

대학의 학문 순혈주의가 비판받는 이유,
학문의 근친교배가 더 이상의 경쟁력을 갖지 못하는 이유가
바로 여기에 있지요.

이러한 마찰이 비생산적인 알력으로 비화하지 않아야 함은 물

론입니다.

창조적 마찰도 서로 통합될 때 시너지 효과를 거둘 수 있습니다.

그렇게 되기 위해서는 역지사지하는 관용이 필요한 것입니다.

다양해서 이젠 행복한 모임.

차이와 다름을 인정하는 성숙함.

진정한 토론을 통해 내면화시키는 즐거움.

그래서 왕복 택시비 2만 원도 아깝지 않습니다.

마치 손으로 물을 움켜잡은 듯

수술실을 들어선 경험이 있는지요?
냉기가 얼굴에 확 끼쳐 올 때는
참으로 미묘한 감정을 갖게 되더군요.

그 순간,
웃으며 병원 문을 들어간 사람이
죽어서 병원 문을 나오는 사건들이 뇌리를 스쳤습니다.
그렇다면,
'결국 죽고 사는 일은
내 의지완 아무 상관이 없다' 는 생각을 했습니다.
기껏 할 수 있는 일이란
수술하는 분들이 긴장하지 않도록
편안한 표정을 짓는 것뿐이었습니다.
모든 것을 신에게 맡기고요.
새삼 인간의 무력함을 느꼈습니다.

《마지막 잎새》라는 소설이 생각납니다.
올해의 마지막 달력 한 장이

마치 찬바람에 힘들게 매달려있는 것 같아 가슴이 시립니다.
가는 세월의 아쉬움 때문인가요?

온 길 되돌아보는 의미에서 연초의 일기를 뒤져 보았습니다.
어떤 생각, 어떤 결심으로 한해를 시작했는지 궁금했습니다.

일기에는
변하자.
대범해지자.
선생이 되자라고 적혀 있었습니다.

나름대로는
열심히 산다고 살았지만
되돌아보니
마치
두 손으로 물을 움켜잡은 듯한 기분이 듭니다.

올 한해는 어땠는지요?

좋았던 건 좋았던 대로,
아쉬웠던 건 아쉬웠던 대로
이 한해 마무리 잘 하려합니다.
못 다한 소망들은 새해로 미룰 수밖에 없네요.

'인생은
붉은 난로 위에 떨어지는 한 점 눈과 같구나' 라고 하신
서산대사의 열반송이 새삼스레 생각나는 때입니다.

자율학습과 성적

어제는 비가 올 것 같아 공원길 대신
지름길로 걸었습니다.

모 여고 앞을 지나갔습니다.
학생들이 우르르 교문을 빠져나왔습니다.
'지금은 야간자습을 할 시간인데 이상하다' 생각했습니다.
오늘 무슨 행사가 있었나?
궁금했습니다.

지나가는 학생에게 물었습니다.
"오늘 무슨 날이냐.
왜 야간자습을 안하지?"

다른 학생들은 야간자습을 하고 있다고 했습니다.
자기는 야간자습을 신청하지 않았다고 했습니다.
자기네 학교는 올해부터 정말 자율로 자습한다고 했습니다.

귀가 솔깃했습니다.

그러면 어느 정도 남니?
37명 반 친구 중에 25명 정도 자습한다고 했습니다.

"완전 자율이 어때?"
너무 좋다고 했습니다.
생활을 스스로 꾸려갈 수 있어
대단히 만족한다고 했습니다.

"왜 학교에서 완전 자율학습으로 바꿨냐?"고 물었습니다.
학생의 대답이 기가 막힐 정도로 멋집니다.
야간자율학습과 성적 향상의 상관관계를
알 수가 없기 때문이라고 하더랍니다.

갑자기 제 머릿속이 복잡해졌습니다.
'그럼 우리는???'

야간자습이 성적 향상과 상관관계가 있다는
연구나 축적된 자료가 있는지,

아니면 막연히 관계가 있을 것이라고 믿고 싶은 건지?
아니면 지금까지 그래 왔으니까 당연히 하는 건지?
그것도 아니면 남들이 다 하니까 하는 건지?

우리는 머릿속에서 생각만 하고 있는 동안
저들은 벌써 저 멀리 가고 있구나 생각하니
쉽게 잠을 이룰 수가 없었습니다.

미국에서 실시한 재미있는 연구 결과입니다.
정확한 통계 수치로 증명이 된 것입니다.

주어진 10개의 항목 가운데
성적 향상과 밀접한 관계가 있는 것은
5가지뿐입니다. 한 번 찾아보시죠.

1. 부모의 교육 수준이 높다.
2. 가족 구성원이 온전하다.
3. 부모의 사회 경제적 지위가 높다.

4. 주변 환경이 더 좋은 곳으로 이사했다.

5. 출산한 어머니의 나이가 30세 이상이었다.

6. 부모가 박물관에 자주 데리고 간다.

7. 부모가 학부모 활동에 적극적이다.

8. 매일 아이에게 책을 읽어준다.

9. 집에 책이 많다.

10 유치원 때까지 어머니가 직장에 다니지 않았다.

정답은 – 모두 홀수 번호입니다(1, 3, 5, 7, 9)

자장면으로 통일하자고

학창시절.
친구들과 중국집에 가면
늘 음식 주문으로 시끌벅적했던 기억을 갖고 있습니다.
누구는 자장면, 누구는 짬뽕, 누구는….

하지만 결론은 늘 "자장면으로 통일이요" 하기가 일쑤였습니다.
양보가 마치 벗 사이의 배려심이요
집단을 위한 당연한 행동인 듯이 생각하기도 했고요.
전체문화에 익숙한 세대들이었으니까
절대적으로 개인 취향은 무시됩니다.
지금 생각해 보면 음식문화마저도
획일화에 푹 젖어 있었다는 느낌입니다.

빛이 프리즘을 통과하면 다양한 색깔의 띠로 나타납니다.
이 스펙트럼이 참 아름답다고 느끼듯이,
우리 사회도 다양한 생각의 스펙트럼을 이룰 때
건강한 사회라고 합니다.

멀리 갈 것도 없이 우리 집단은 얼마나 건강한지요?
얼마나 다양한 생각들이 존재하며,
또한 그런 생각들이 얼마나 존중받고 있는지요?

다르다는 것!
우린,
내 생각과 다른 것은 틀렸다고 곧잘 생각합니다.
내 생각과 다른 생각은 잘못된, 틀린 생각이 아니라
나와는 다른 또 하나의 생각이 아닐까요?
자장면을 좋아하는 사람이 있으면
짬뽕을 좋아하는 사람도 있기 마련이듯이.

우리 사회도 이제는 다양성을 인정할 만큼 성숙하다고 생각합니다.
우리에게는 획일화와 보편화를 강요하는 폭력성은 없는지요?
특히 청소년의 미래 교육에 있어서는
다양성의 추구와 그것의 인정이 더더욱 중요한 것이라 생각합니다.

'NO. 1'의 인재 양성에서
'ONLY 1'의 인재 양성으로 바뀌었으니까요.

나와는 다른 가치관과 행동들을 포용할 수 있는
관용이 필요한 시대입니다.
유연한 생각이 절실한 때입니다.
역지사지易地思之, 똘레랑스!
이 시대, 교육을 담당하고 있는 우리들이
다시 새겨 봐야 할 의미 있는 말들이라 생각합니다.

미국의 시인 로버트 프로스트의 말로 맺겠습니다.

사람들은 사물을 바라보면서 그것들이 왜 존재하느냐고 묻는다.
하지만 나는 지금까지 존재하지 않았던 사물을 꿈꾸면서
그것들이 왜 존재하지 않느냐고 묻는다.

개혁은 혁명보다 어렵다

요즘 새벽 공원 걷기가 참 좋습니다.
여름과는 달라 날이 더디 밝아오기 때문입니다.
나무들은 수줍어
어둠 속에서 자신의 모습을 잘 드러내지 않습니다.
그런 어스름한 나무의 모습에서 겸손한 사람의 향기를 읽습
니다.

사마천의 《사기》를 읽었습니다.

전국시대 진秦나라의 상앙과 감룡의 대화가 흥미롭습니다.
두 사람은 효공왕 앞에서 자신의 주장을 펼칩니다.

상앙 - 행동을 주저하면 명성을 얻지 못하고 일을 추진하면서 머
뭇거리면 공을 이룰 수 없습니다.
또 식견이 높은 사람은 세상의 비난을 받기 마련이며 독
창적인 생각을 하는 사람도 대부분의 조롱을 받습니다.
그렇기 때문에 성인은 진실로 나라를 부강하게 하는 일이
라면 옛날의 예법에 집착하지 않는 것입니다.

감룡 - 그렇지 않습니다.

　　　관습을 바꾸지 않고 백성을 이끄는 사람이야말로 성인이

　　　며 법을 바꾸지 않고 훌륭한 정치를 행하는 사람이야말로

　　　지혜로운 사람입니다.

상앙 - 범인들은 관습에만 의지하며, 학자들이란 배운 것에만 집

　　　착합니다.

　　　이 두 부류의 사람들은 관직에 앉아 법을 지킬 수는 있어

　　　도 그 이상의 일은 해낼 수 없습니다.

　　　지혜로운 사람은 법을 만들고,

　　　어리석은 사람은 그것을 지킬 뿐이며,

　　　현명한 사람은 예를 바꾸지만,

　　　못난 사람은 그것에 얽매이는 법입니다.

감룡 - 백배의 이로움이 없으면 법을 바꾸는 것이 아니며, 열배

　　　의 편리함이 없이는 도구를 바꾸지 않습니다.

　　　옛 법에 따르면 과오가 없으며,

　　　예에 따르면 잘못이 없습니다.

상앙 - 정치란 고정된 것이 아닙니다.

　　　나라를 이롭게 할 수 있다면 굳이 옛 것을 따라야만 하는

　　　것이 아닙니다.

　　　옛 것을 따르지 않는다고 모두 잘못이 아닙니다. 그리고

　　　예를 잘 지킨다고 해서 무조건 잘하는 것도 아닙니다.

효공왕은 결국 누구의 손을 들어 주었습니까?

여러분 생각은 어떻습니까?

그러나 혁신을 꾀하던 상앙의 최후가 비극적으로 끝맺습니다.

그의 재주와 혁신을 두고 보기가 힘든 세력에 의해서.

정말로 기가 막힐 일입니다.

자식이나 학생들을 교육하실 때

한 번쯤 곱씹을만하지 않습니까!

행동은 과감하게 하되 인간은 늘 낮은 곳을 향하여

머리를 조아릴 줄 아는 겸손함이 필요한 겁니다.

누군가의 얘기가 머릿속을 맴돕니다.
개혁은 혁명보다 어렵다고.

노자의 말씀이 더 절실히 다가옵니다.
상선약수上善若水

뻔한 싸움에 글러브는 왜 껴

오늘 예비수능고사를 전국적으로 치렀습니다.
3학년들, 고생 엄청 했죠?
언론에서는 벌써 난립니다.
방송 교재와 강의에서 82%가 출제가 됐다나 어쨌다나.

이제 교사들은 수업을 할 필요가 없습니다.
대학수능고사에서 일정 비율 반드시 출제하겠다는 방송 교재와
유명강사의 방송 강의가 학생들에게는 훨씬 매력적이기 때문
입니다.
교사는 교실에 들어가서 방송 강의를 녹화한 비디오테이프를
틀어주고, 마침종이 울리면 테이프를 빼서 교무실로 돌아오면
됩니다.

교육부에서는 사교육비를 줄이기 위한 방법의 하나로
방송 강의를 도입했습니다.
최고의 교재를 만들고, 최고의 강사가 강의를 담당하게 했답
니다.
구태여 학원으로, 개인 고액과외를 받으러

학생들이 나설 필요가 없게 되었습니다.
과감한 발상이지요. 추진력도 있고, 잘 진행되고 있습니다.
실제 효과도 있다지요.

그러나 교육부는 이러한 방법이
얼마나 심대한 결과를 가져올 것인지 예상이나 해봤는지요?
방송 강의에 학생들을 끌어들이기 위한 방법이라는 것을
이해 못하는 바는 아닙니다.

하지만 이것은 전형적으로 불공정한 경쟁입니다.
학생들에게는 엄연히 교과서가 있습니다.
과목에 따라서 국정교과서도 있고,
검인정교과서라는 것도 있습니다.
공교육에서는 이 교과서를 갖고 강의를 하고,
입시를 준비하고 있습니다.
다 교육부에서 내용을 증명해 준 셈이지요.

대학수능고사에서는 지금까지

교과서 내에서 출제된 비율은 극히 저조합니다.
대부분이 교과서 외에서 출제됩니다.
특히 언어영역 부분에서는 더욱 그렇습니다.
그래서 학생들은 공부하기가 힘들고,
사교육의 필요성을 느끼는 것입니다.

이런 현실 속에서,
교육부에서 반드시 출제할 것이라고 약속한 교재와 강의가,
출제될 것인지 말 것인지도 불확실한
공교육에서의 교과서와 강의가 서로 경쟁을 한다면,
어느 쪽으로 학생들이 쏠릴 것인지는 너무도 자명하지요.

이렇게 되면 공교육에 종사하는 교사는 다 죽습니다.
학생들은 학교 수업은 무시하고
무조건 방송 강의에만 매달리게 될 것입니다.

만약 방송 교재와 강의에서의 수능고사 출제비율이
입시생들이 피부로 느낄 만큼 높아진다면,

학교 수업의 배제 현상은 걷잡을 수 없이 퍼져나갈 것이며,
공교육은 더 이상 존재할 수가 없습니다.
발 빠른 학원가는 방송 강의를 보완하는 틈새 상품을 개발하여
또 다른 특수를 누릴 수 있을 것입니다.
그러나 입시지도만이 아니라 인성교육도 해야 하는 공교육은
또다시 이러지도 저러지도 못하는 찬밥 신세가 되고 말 것입
니다.
학교는 입시의 장만이 아니지요.

지금이라도 늦지 않습니다.
공정한 경쟁이 될 수 있도록
방송 강의와 연계한 출제 약속을 철회해야 할 것입니다.
많은 공부 방법 중의 하나로 방송 강의를 선택할 수 있도록 해
야지 거기에만 모든 학생들이 매달리도록 해서는 안 됩니다.

공정한 경쟁이 이루어져야 합니다.
그래서 공교육이 제대로 서야 합니다.
학교 교육이 결코 방송 강의의 들러리가 되게 해서는 안 됩니다.

학교 선생님도 최곱니다.

불공정한 경쟁으로 선생님의 자존심을 뭉개서는 안 됩니다.

교왕과정矯枉過正이란 말이 있습니다.

빈대 잡으려다 초가삼간 다 태우는 잘못은 말아야지요.

현대는 다양성의 시대입니다.

단선적 교육은 획일적 인간만을 양산할 뿐이죠.

다양하고 창조적인 인재의 육성 없이는

국가의 장래도 없습니다.

하는 꼴들이 하도 답답해서 신세 한탄 해봤습니다.

선생님, 좀 더 긴장이 필요하답니다

새로 취임한 교육부 장관이 강조했습니다.

교사도 좀 더 긴장을 해서 근무할 필요가 있다고.

모두에게 욕을 먹어도 할 일은 하겠다고 했습니다.

경쟁의 무풍지대인 교육계에 경쟁을 준비하라는 소리로 들립
니다.

백 번 맞는 말씀입니다.

교육계 구성원 모두는 문제를 인식하고 있습니다.

진단은 정확하나 처방이 늘 문제인 거지요.

공교육 경쟁력 확보의 방법으로

교사의 평가제가 거론되고 있습니다.

평가 방법으로는 학교 경영자의 평가, 학부모의 평가,

학생의 평가, 동료 교사간의 평가 등이라 하네요.

그중에서 교사간의 평가가 가장 실현 가능한 방법이라고들 하
는데?

그게 꼭 그렇지가 않지요.

사교육의 경쟁력이 공교육을 압도하는 이유가 무엇입니까?

사교육은 모든 선택권이 학생에게 있기 때문입니다.

때문에 경쟁력 있는 강사만 살아남습니다.

잘 가르치는지, 못 가르치는지 학생들이 가장 먼저 느끼지요.

그러므로 학생들이 교사를 가장 정확하게 평가할 수 있습니다.

학생의 평가는 비교적 객관적 입장에서 이루어 질 것입니다.

왜냐하면 평가가 자신의 장래를 위한 행위이기 때문입니다.

때문에 결과에 대해서 왈가왈부할 소지가 적습니다.

물론 단순히 가르치는 능력뿐 아니라,

평가 항목에 전인적 교육 부분도 당연히 반영 되어야 할 것입니다.

중 · 고등학교 단위의 교사 수는 몇 십 명에서,

규모가 커봐야 100명 안팎입니다.

가족적인 분위기란 얘기죠.

그래서 교사들은 상당히 온정주의에 익숙한 직장생활을 합니다.

때문에 동료 교사끼리의 평가는 많은 문제를 야기할 수가 있습니다.

특히 교육 현장을 다시 황폐화시킬 우려가 매우 높습니다.
동료간의 평가는 스스로 승/패를 만들어
집단의 반목과 불신만 초래할 뿐,
공교육의 경쟁력 확보라는 소기의 목적을 달성할 수가 없습
니다.

학교 현장에서는 지금도 자기 평가서를 일 년에 한 번씩 제출
하고 있습니다.
1년간의 교육성과에 대한 자기 반성문인 셈이지요.
교사들이 평가와 경쟁을 오죽 반대했으면 그랬겠냐만
너무나 형식적입니다.
이와 같이 동료간의 평가도 온정적, 형식적으로 흐르기가 쉽습
니다.

이제 경쟁은 피할 수 없는 큰 흐름이 되었습니다.
평가를 하려면 제대로 해야 합니다.
반대를 두려워 어정쩡한 방법을 취할 바에는 아예 행하지 않는
것이 낫습니다.

이를 위해 교육의 모든 구성원들이 머리를 맞대고
깊은 반성과 함께 새로운 방법을 모색해야 할 중요한 시점이라
생각합니다.

휴지 한 장이 대수냐고요

김동인의 소설 《감자》.

한 번쯤은 읽었으리라 생각합니다.

환경이 인간을 얼마만큼 타락시킬 수 있는가를 여실히 보여주는 작품입니다.

주인공 복녀는 정상적인 가정에서 성장했습니다.

하지만 남편과의 잘못된 만남은 복녀를 끝없는 나락으로 내몹니다.

지독한 궁핍은 몇 알의 감자를 얻기 위해 자신의 육체를 던지게 합니다.

그러면서도 전혀 부끄러움이나 죄책감을 느끼지 못합니다.

그 타락은 마침내 자신의 죽음을 불러들이게 됩니다.

스탠포드 대학에서 재미있는 실험을 했습니다.

대학 안에 모의 감옥을 만들어 놓고

실험자를 모집하였습니다.

선발된 실험자는 각각 교도관과 죄수의 역할을 맡았습니다.

역할을 맡은 실험자의 심리가 어떻게 변하는지
3주간에 걸쳐 살피기로 했습니다.
하지만 실험을 3일 만에 중단하고 말았습니다.

교도관의 역할을 맡은 사람은
자신이 점점 포악해 지는 것을 못 견뎌하고,
죄수 역할을 맡은 사람은
심한 우울 증세를 보였기 때문입니다.
환경과 인간의 관계를 설명해 주는 실험이었습니다.

심리학에 깨진 유리창 이론이 있습니다.
깨진 유리창이 있는 건물은
머지않아 폐허로 변해버리기 쉽다는 이론입니다.
이미 깨진 것. 2장이면 어때. 3장이 깨지면 어때….
오줌 좀 누면 어때….
쓰레기 좀 갖다 버리면 어때….
이런 식이죠.
작은 것이 큰 변화를 가져온다는 이론입니다.

학생들에게 휴지를 함부로 버리지 말라고 당부하지만
잘 고쳐지지 않습니다.
이것 한가지만이라도 실천하라고 당부합니다.
1장의 휴지가 버려져 있으면 2번째, 3번째 버리기는 쉽기 때문
입니다.
깨끗한 환경이 우리 학생들의 심성을 정결하게 만들 수 있기
때문입니다.

이 작은 행동이 습관이 되고
이 습관이 남을 배려할 줄 아는 인간으로 커가게 한다고 믿습
니다.
우리 사회가 배려심 가득한 사람으로 채워진다면….
배려심 깊은 사람이라면 실력이 좀 딸리면 대숩니까?

바늘 도둑이 소도둑 된다고 했습니다.

세네카의 얘기로 마감 해야겠네요.

우리가 감히 맞서지 못하는 것은
일이 어려워서가 아니다.
일이 어려운 것은 우리가 감히 맞서지 않아서이다.

언어영역 너무 어렵지요

한 며칠 강원도 태백으로 피서 다녀왔습니다.

청정한 공기, 맑고 신선한 바람, 시원한 물소리,

물, 공기, 바람. 저를 미치게 했습니다.

밥만 먹으면 두 팔을 벌리고 계곡에 서 있었습니다.

눈으로 보고, 귀로 듣고,

온 몸으로 느끼고 싶었습니다. 그 자연의 신선함을.

고향 대구.

너무 더웠습니다.

며칠간의 호강이 더 견디기 힘들게 했습니다.

'송충이는 솔잎을 먹어야 한다' 는 말을 실감했습니다.

어차피 찜통더위인 고향에서 살아야 한다면

더위를 피해서避暑는 안 되고,

싸워서 이겨야克服한다는 생각을 했습니다.

이야기가 삼천포로 빠진 것 같습니다.

본론으로 돌아가겠습니다.

정말!

우리 학생들 언어영역 너무 어렵죠?

그 이유는 두 가지로 요약할 수 있을 것 같습니다.

첫째는 뉴 미디어의 발달 때문입니다.

15C 구텐베르크의 인쇄술 발명은

인류 사회에 지식의 대중화라는 큰 변화를 가지고 왔습니다.

인간이 능력에 따라 대접받는 사회가 되는 것이죠.

그 이전에는 공부를 하고 싶어도 할 수가 없었습니다.

책값이 너무 비싸 구할 수가 없었으니까요.

그래서 공부는 부잣집 자식만이 할 수 있었습니다.

그 결과, 부와 권력의 세습이 이루어졌던 것입니다.

이렇게 엄청난 변화를 가져온 인쇄술도

뉴 미디어의 발달, 즉 영상매체가 발달하면서 심각한 위기에

처하게 됩니다.

활자매체의 운명에 대해서는

미래학자들 사이에서도 의견이 분분합니다만, 큰 변화를 맞게

된 것은 틀림없는 현실입니다.

특히 젊은 층이 책을 읽지 않는다는 것입니다.

월평균 독서량이 미국, 일본, 프랑스는 6권
한국은 1권 정도라고 합니다.

대신 텔레비전 시청 시간과 인터넷 신문 열독률은
미국, 일본, 프랑스보다 한국이 4배 정도 많다고 합니다.

뉴 미디어는 인간을 이성적이기보다는 감성적으로 만듭니다.
깊이 생각하고, 따지기 싫어합니다.
그저 눈으로 척 보고 바로 필이 꽂혀야 합니다.

이런 습관이 언어영역을 어렵게 만드는 가장 큰 요인이라 생각
합니다.

언어영역에서 가장 중요한 학습은 이해하는 것입니다.
정확한 이해를 위해서는 깊이 생각을 해야 합니다.
생각하면서 읽고, 읽으면서 생각하라는 겁니다.

생각한다는 것은 무슨 뜻입니까?

비판적 태도를 가지라는 겁니다.

비판력을 갖기 위해서는 어떻게 해야 합니까?

다시 원점으로 돌아갈 수밖에 없네요.

많은 독서를 하라는 것입니다.

둘째, 음모론입니다.

이는 일부러 시험을 어렵게 출제한다는 겁니다.

그래야 교육방송이 살고, 교사가 살고, 학원이 살고, 책장사가

살고 등등….

모든 교육 관련자가 먹고 살기 위해

어렵게 출제하자는 암묵적 음모를 꾸민 것이란 생각이죠.

제 개인적인 생각입니다만

언어영역은 이렇게 어려울 필요가 없다는 겁니다.

문항이 너무 자잘한 것들을 묻고 있습니다.

그 글 속에서는 무시해도 좋을

사소한 내용들을 묻는다는 것입니다.

마치, "용용 죽겠지? 나 한번 잡아 봐라" 하는 식입니다.

그래서 학생들이 글 읽기를 싫어하게 됩니다.
어른이 되어서도 문학, 국어하면
고개를 절레절레 흔들게 만들어버립니다.
이건 다시 우리 인문학의 위기를 초래하는 악순환이 되는 것입니다.

통 큰 문제 출제가 절실한 때입니다.
음모를 깨어야 합니다.
그래서 모든 것을 선순환으로 고쳐야 합니다.

그러기 위해선
비판적 태도가 필요합니다.
고민할 줄 알아야 합니다.
이성적으로 생각하는 습관을 가져야 합니다.
그래서 좀 더 애정을 갖고 노력해야 합니다.

끝맺겠습니다.
나는 잘 할 수 있다! 나는 잘 할 수 있다!

아침 기상과 동시에, 또 잠자리에 들기 전에
자신에게 긍정적인 암시를 해 보십시오.
좋은 결과를 얻을 수 있을 것입니다.
모든 것은 마음먹기에 달렸으니까요.

재미있는 이야기 하나 하겠습니다.

어느 학자가 독일 유학시에 경험한 일입니다.
초등학교 1학년인 아이가 숙제를 갖고 왔습니다.

'여기에 100마르크가 있다.
이 돈을 가지고 시장에 가서 과일을 사오는데,
사과는 1개 1마르크이고, 귤은 2마르크, 배는 3마르크이다.
어떻게 과일을 사오겠느냐?' 하는 문제더라구요.

당시 우리 아이는 구구단도 모르던 때였습니다.
사과 5개를 산다고 하면
일단 1백에서 5를 빼고 몇이 남았나 보고,
또 저 사고 싶은 대로 뭐 사고 그만큼 빼고 맞추는 일을 계속하
더라구요.
딱하지만 내버려뒀더니, 하루 종일 하더니
간신히 1백 마르크를 맞춰 다음날 학교에 가더군요.

아이가 학교를 다녀왔기에
다른 애들은 어떻게 숙제를 해 왔더냐고 물어봤어요.

뒷집 피터 녀석 있잖아.
만날 욕심 많고 그러더니,
그놈은 암만 계산을 해도 1백25마르크가 되더래.
근데, 도저히 돈을 줄일 수가 없어서
25마르크 외상진다고 하고 왔다고 하더라고.

그리고 앞집의 모니카는 생긴 게 가늘어서 그런지,
아무리 사도 50마르크밖에 못 사겠기에 50마르크어치만 샀대.
또 어떤 애는 45마르크어치만 샀어.
선생님이 "왜 45마르크어치만 샀냐?"고 물었더니,
"선생님 생각해 보세요.
45마르크만 해도 봉지로 3봉지가 되는데
더 이상 어떻게 들고 와요.
그러니까 문제가 틀렸어요"라고 대답하던 걸.

또 다른 애는 "나는 150마르크어치 샀는데
100마르크 이상은 그 집에서 배달해 준다더라.
그래서 나는 150마르크어치 샀어"라고 말하더라고요.

맞는 말이었습니다.
아들놈에게 "너하고 똑같이 풀어 온 애가 있던?"
하고 물었더니 한 아이도 없었다더군요.

아주 부끄럽더라고요.
사람마다 생각이 다 다르게 마련이죠.
사회에 나오게 되면 정답이 하나인 상황은 닥치지 않죠.
세상 사는 법을 가르치는 게 교육이라면,
정말 어떻게 해야 하는가를 가르쳐야 하는 거예요.
이런 게 독일 초등학교 1학년에 나오는 문제랍니다.

설 연휴 때 교보문고에서 구입한
《나는 비빔밥 인간을 만들고 싶다》는
책의 한 부분을 그대로 옮겨 봤습니다.

서울대학교 정운찬 총장이
왜 통합 논술을 주장하는가?
그 이유를 한 작가가 추적하고 있는 책입니다.

흥미로운 내용들로 가득합니다.
논술 고사에 관심이 있는 분들은
꼭 한번 읽어 보시길 권합니다.

이야기가 재미만 있는 것이 아니라
참으로 많은 것을 생각하게 하지요.

정총장은 이렇게 이야기합니다.

서울대 논술의 메시지는 간단해요.
초등학교 때부터 많은 책을 읽고
인간과 사회와 사물, 세계에 대한 많은 생각,
많은 고민을 한 학생에게 유리한 문제가 출제될 겁니다.
왜냐하면

지금 우리 시대가 절실히 필요로 하는 인재는
한쪽에 치우치지 않고 균형감이 있으며, 종합적이고
동시에 창의적이며, 비판적 사고를 할 줄 알아야 하기 때문이
에요.

그렇습니다.
하나의 정답이 나올 수 없는 논술.
학원에서 모범답안을 만들 수 없는 논술.
이것이 서울대 논술의 실체입니다.

논술이라는 마차

미래에 가장 유망한 직업으로 미래 학자들은 스토리텔러(storyteller)를 꼽는데 주저하지 않습니다. 이야기를 만드는 사람들 즉, 글 쓰는 사람들입니다. 조앤 롤링은 해리 포터로 영국 여왕보다 더 큰 부자가 되었습니다. 조지 루카스도 한 편의 시나리오로 세계적 감독으로 성공할 수 있었습니다. 그 게 바로 영화 '스타워즈' 입니다. 루카스는 1달러에 자신의 시나리오를 파는 대신 스타워즈의 메가폰을 잡았던 겁니다. 멀리 갈 것도 없이 우리나라에서도 수없이 그 예를 찾을 수 있습니다. 초등학교만 졸업하고 세계적인 영화감독이 된 김기덕. 고등학교를 졸업하고 흥행의 귀재가 된 영화감독 유승완. 이들은 모두 시나리오 작가에서 시작했습니다. 글쓰기가 실생활과는 아무런 상관이 없는 단순한 어떤 것이 아니라 그야말로 부가가치가 엄청나게 높은 산업이 되었습니다. 그래서 오늘날을 CT(culture technology)시대라 합니다.

대학에서도 글쓰기를 요구하고 있습니다. 어쩌면 당연한 일인지도 모르겠습니다. 논술은 단순한 지식 암기보다 사고력과 창의력을 신장하는데 더없이 좋은 방법이라고 합니다. 대학에서 학업 성과를 올리기 위해서는 논술 능력이 절대적이라는 이야기입니다. 때문에 각 대학마다 논술의 입시 반영 비율을 확대하고 있는 실정입니다.

서울대학교가 얼마 전 정시 전형 결과를 분석한 자료를 발표했습니다. 그중에서 논술에 관한 부분이 우리의 눈길을 끕니다. 논술이 입시 당락에 약 25% 정도의 영향을 끼쳤다고 합니다. 즉, 내신과 수능 점수가 불합격권에 들어 있던 학생이 논술 때문에 합격한 경우가 총 합격자 수의 4분의 1이란 뜻입니다. 놀랍고 두려운 일입니다.

요즘 들어 일선 고교에서는 교사나 학생들은 논술 때문에 골머리를 앓고 있습니다. 왜 대학에서 그 놈의 논술 과목 하나를 더 만들어 우리 학생들을 죽음의 트라이앵글 속에 집어 넣는지라며 원망이 대단 합니다. 논술, 논술 걱정만 하고 있지 무엇을 어떻게 해야 할 지 그저 막막하기만 합니다.

그래도 해야 합니다 '마른 땅에 헤딩' 이라도 해야 합니다. 학교에서는 논술 교육을 강화한다고 야단들입니다. 대학의 통합논술은 각 분야 책을 두루 읽고 각 부문의 연관성을 묻는 통합적 사고, 창의적 사고를 요구합니다. 하지만 대부분의 학교를 보면 논술 교육은 전적으로 국어 선생님 몫입니다. 실제 통합논술에서 국어와 관련된 표현력 배점은 약 10% 정도에 지나지 않습니다. 그런데도 논술교육 하면 국어 선생님부터 찾는 게 현실입니다.

논술은 하루아침에 이루어지는 것이 아닙니다. 장기적이고 구체적인 실행 계획이 필요합니다. 모든 과목 선생님의 관심이 중요합니다. 논술의 3박자는 배경지식과 글의 구성력, 문장력입니다. 이것의 습득을 위해서 다음의 계획표를 제안해 봅니다.

1학년 : 비판적 글읽기, 짧은 글쓰기(배경지식 습득에 중점 두기)

2학년 : 읽기, 중편의 내 중심 글쓰기(구성력, 문장력 연마에 중점 두기)

3학년 : 읽기, 유형별 긴 글쓰기(출제 경향에 중점 두기)

논술은 읽기와 쓰기라는 두개의 바퀴로 굴러가는 수레입니다.

둘 중 어느 것 하나라도 소홀이 하면 수레는 굴러가지 못합니다. 단기간에 해결하겠다는 조급함을 버리고 긴 호흡을 갖고 차근차근 준비해야 할 것입니다. 그러면 좋은 결과를 얻을 수 있으리라 확신합니다.

좋은 성과 있기를….

눈 돌릴 사이에

그 뜨겁던 여름은 영영 가지 않을 것 같더니
이젠 창문을 열어 놓고 잠자기가 힘듭니다.
눈 돌릴 사이에 가을은 벌써 저기 가고 있습니다.

요즘 로펌의 유능한 변호사들이
대학 교수로 전직하는 경우가 많다고 합니다.
대학 교수의 연봉이 로펌의 잘나가는 변호사 한 달 수입 정도
밖에 되지 않는데도 말이죠.
전직의 이유야 많겠지만
돈보다는 일(직업)의 보람 때문이라고들 하네요.

얼마 전 선배 선생님의 명예퇴직이 있었습니다.
모처럼 과 선후배 선생님들이 한자리에 모였습니다.
선배님은 약간 떨리는 목소리로 한 말씀하셨습니다.
"30년 교직에 몸담았다 떠나지만 아무런 미련은 없다"시면
서도
"진정한 제자를 곁에 많이 두지 못한 것이 가장 후회스럽다"
하셨습니다.

재빨리 속으로 생각했습니다.
'나 역시 이 순간에 똑같은 후회를 하지 않을는지?'
그날 우리 모두는 통음을 했습니다.

제 낫새의 친구들을 만나면 단연 퇴직의 문제가 이슈입니다.
하지만 돈(퇴직연금)이 이유가 되어 그만 둔다면
너무 슬프다는 생각이 들었습니다.
누군 돈을 떠나 보람을 찾아 일을 선택하고
누군 돈 때문에 보람 있는 일을 포기해야 하니 말입니다.

어제는 친한 벗과 함께 한잔했습니다.
그리고 약속했습니다.
눈 돌릴 사이에 저어기 가버리는 것이 세월이라면서
이것저것 잔머리 굴리지 않기로.

빅터 플랭클의 이야기로 마무리 하겠습니다.
사람의 주된 관심사는 즐거움을 얻거나
고통을 피하는데 있는 것이 아니라

삶의 의미를 찾는데 있다.

사랑하는 제자가 저에게 보낸 편지와 답글로 이야기를 마무리하겠습니다.

안녕하세요~.

저를 아실 선생님도 계실 테고 , 모르실 선생님도 계시겠죠?

조금은 부끄럽지만 병거이 선생님께 감사 인사드리러 글 한 편 올리게 됐어요.

2학년 때 선생님께 국어를 배웠습니다.

선생님과 1:1로 이야기를 해보았던 기억은 아쉽지만 많이 없어요. ^^

마지막 수업 시간에 선생님의 수업평가서를 썼었는데 .

얼굴은 아시겠지만 제 이름은 아마 모르시겠죠? 헤헤~. ^^

그렇지만 섭섭함이나 그런 것이 있다는 것은 아닙니다.

언제나 선생님의 수업으로 인해 머릿속에 지식뿐 아니라

시원한 바람을 공급받고 있다는 기분이 들었어요.

고 3때 무언가 마음을 다잡지 못하고 마음이 살랑살랑 간지럽고,
머리가 핑핑 돌듯 할 때마다
인터넷 강의를 꺼놓고 선생님이 올리신 글 한 편 한 편을 읽으면서
마음을 차분히 다잡았던 기억이 납니다.

오랜만에 선생님의 글이 생각나서 들리게 되었어요.
저는 사법대로 진학하게 되었는데
선생님 같은 스승이 되면 얼마나 좋을까 하는 생각을 한답니다.
그렇게 되기에는 얼마나 갈 길이 멀고 힘든가도 생각을 해봅니다.
그러기에는 많은 준비를 해야겠지요. ^^

많은 선생님들 계시고 일일이 다 열거할 수도 있지만

이 글은 병거이 선생님께 드리는 글이니…

혹시라도 섭섭해 하실 다른 선생님 계신다면 양해해 주시기 바랍니다. ^^

병거이 선생님

많은 제자들에게 또 저에게 인생의 푯대가 되어 주시고

어떻게 살아야 할 것인가

전인격적인 교육을 해주심에,

너무나 너무나 감사드립니다. ♡

그럼 이만 줄일게요. 안녕히 계세요. ^^

간간히 들러 선생님의 글로 마음이 따뜻해지고

머리가 시원해 질 많은 제자들 있다는 걸 기억해주셨음 좋겠어요.

언제나 행복하시길 바래요. ♥

밤중에 이 글을 접하고 잠을 잘 이룰 수 없었습니다.

일찍 출근하여 학생들이 남기고 떠난 편지 보따리를 뒤졌습니다.

수진이 편지를 찾았습니다.

"……

제가 선생님이 꿈이라서 어떤 선생님이 될까?

이런 것에 대해서 많이 생각해 봤는데요.

'인생에 대해 가르쳐 주고

도덕적인 면을 일러주고 인도해 주는 선생님이 될까?

아니면 정말 수능이나 입시 위주로

성적에 도움을 줄 수 있는 선생님이 될까' 라는 것에 대해

많이 고민해 봤습니다.

이때까지는 이 둘을 병행할 수는 없다고 생각을 했었어요.

그래서 저는 입시 위주의 능력이 있다고 인정되는 선생님이 되겠다고 생

각했습니다.

　하지만 선생님을 만나고부터는 생각이 달라졌습니다….

(중략)

　하지만 아쉬운 점은 선생님이 제 이름을 모르신다는 거예요~.

　자리 배치표를 보시고 선생님께서 이름을 불러주셨을 때가 있었는데

　그때 제가 자리를 잠깐 바꾼 자리였거든요~.

　애들은 다 웃었는데 선생님만 모르시구….”

2학년 5반 7번 김수진!

위 글은

수진이 니가 2학년 마지막 수업 시간에

내 수업을 평가하면서 쓴 글이다.

기억이 나나?

홈페이지에 올라온 수진이의 글을 읽고
혹시나 해서 학생들이 건네준 편지들을 뒤졌단다.
그때 분명히 익명으로 써도 좋다고 했는데
수진이는 반, 번호, 이름까지 또렷하게 적어놓았더구나.

그래!
게시판의 글을 보면서도
수진이 이름도,
어떤 녀석이었는지도 기억나지 않았단다.
옆자리 선생님이 앨범을 가져와 네 사진을 보여주었다.
그럼!
내가 수진이를 기억하고말고. 참 착한 녀석이었지.

내가 수진이 만한 나이에는 아무 것도 몰랐던 철부지.
수진이는 벌써 좋은 스승이 되고 싶다는 생각을 하고 있으니
나보다 10배, 100배는 더 훌륭한 스승이 되리라 믿는다.
너의 훌륭한 모습을 기대해 본다.

수진아!
성공한 사람들에게는 2가지 공통점이 있단다.
하나는 '독서광' 이라는 것이고
또 하나는 일기를 쓴다는 사실이란다.
독서를 통해 자신이 부족한 인간이라는 것을 깨닫고,
일기를 통해 부족한 자신을 반성하면서 살아간다면 성공하지 못할 까
닭이 없겠지.

아무쪼록 너의 행운을 빈다.